아쿠타가와 류노스케의

「라쇼몬(羅生門)」에 관한 작품분석 연구

윤 상 현

지식과교양

머리말

우리가 흔히들 말하는 고전(古典)은 "오랫동안 많은 사람에게 널리 읽히고 모범이 될 만한 문학이나 예술 작품"이라 정의한다. 이 말을 좀 더 구체적으로 살펴보면 '고전'이란 과거에서 현재, 미래를 관통하는, 그리고 한 나라에 국한되지 않고 전 세계적인, 이른바 초시간성과 초공간성을 획득하여 다양한 해석이 가능한 보편적 작품이지 않으면 안된다. 예컨대 어느 한 작품이 특정한 시간과 장소에서, 하나의 읽기만으로 강요(고정)한다면 고전으로써의 생명은 다한 것이나 다름없다. (예를 들어 한 권의 「성서」를 두고 목사들의 수많은 설교를 보라) 그러므로 작품이 더 이상 우리들에게 전달하고자 하는 바가 없다면 굳이 시간과 돈을 지불해가며 읽을 필요가 없으며, 그것보다는 오히려 현재 유통되는 새로운 작품을 읽는 편이 여러모로 유익할 것이다. 결국 어느 한 작품이 고전으로써 살아남기 위해서는 시간이나 장소의 변천과 이동에 따라 끊임없이 새로운 읽기(혹은 다양한 해석)가 재생산되어야 할 것이며, 우리 또한 매번 읽을 때마다 그러한 지속적인 낯설게 읽기를 통해 고전의 존재 의의와 가치를 새롭게 재발견할 수 있어야 한다.

그러한 의미에서 본다면, 일본 작가 아쿠타가와 류노스케(芥川龍

之介, 1892 - 1927)의 「라쇼몬(羅生門)」은 과연 고전이라고 불릴 만하다고 본다. 사실 한번이라도 「라쇼몬」을 읽어 본 독자라면 거의 대부분이 하인과 노파 두 명뿐인 등장인물에, 2층 누각으로 세워진 라쇼몬이라는 단조로운 배경 그리고 내용적으로 하인이 노파의 옷을 빼앗는다는 하나의 사건으로 구성된 어쩌면 무미건조한 작품이라 느낄지도 모른다. 하지만 이 작품이 과거에서 현대에 이르기까지 일본을 비롯한 전 세계 수많은 독자(혹은 학자)들에 의해 꾸준히 읽혀 오고 있는 이유는 짧은 단편 소설임에도 불구하고 다양한 상징과 메타포가 응축되어 있기 때문이다. 즉 작가가 의도했든 안했든 「라쇼몬」은 읽는 독자로 하여금 해제와 결합을 반복해 나가면서 발생하는 미묘한 차이를 통해 갇힌 세계에서 또 다른 열린 세계로 새로운 읽기가 무한대로 가능하다고 하겠다.

그 예로 본 저자는 지금까지 아쿠타가와의 「라쇼몬」에 관한 일곱 가지 '새로운 읽기'를 학회나 대학 연구소에 발표 및 투고하여 고전으로써의 가치를 증명하고자 하였다. 첫 번째로 제 1장인 〈「라쇼몬」의 창작경위를 둘러싼 제문제 - '죽음'에서 '삶'의 문학세계로 -〉는 주로 작가론적 관점에서 작품의 창작 경위를 분석하고자 하였다. 특히 아쿠타가와가 친구에게 보낸 편지에서 창작 동기를 '유쾌한 소설'라고 서술하고 있는데, 과연 여기서 말하는 '유쾌한 소설'이 무엇을 의미하는지 구체적으로 분석하고자 하였다. 두 번째로 제 2장인 〈「라쇼몬」에 나타난 신화적 공간 - 상향(上向)에서 하향(下向)으로 향한 '사다리'의 이율배반성 -〉는 종교사학자인 마르치아 엘리아데(Mircea Eliade)가 주장한 '사다리'의 상징에 나타난 신화적 관점을 아쿠타가와의 다른 작품과 비교하면서 공간적 배경을 중심으로 논하고자 하였다. 세 번째로 제 3장인 〈「라쇼몬」에 나타난 하인과 도둑의 상관관계 - '생래성범죄자설'에서 본 하인의 외형적, 신체적 특징 - 〉은 범죄인류학자인 체자레 롬브로조(Cesare Lombreso)가 주장한 '생래성범죄자설', 즉 범죄자는 태어날 때부터 유전된다고 하는 유전학적 관점에서 주인공인 하인과 노파의 모습을 심층 분석하고자 하였다. 네 번째로 제 4장인 〈「라쇼몬」에 나타난 하인의 욕망으로서 대상a - '욕망이론'에서 본 하인의 욕망구조 - 〉는 자크 라캉(Jaques Lacan)이 언급한 '욕망이론'인 상상계 → 상징계 → 실재계를 실재 작품에 나타난 하인의 욕망 구조에 대입하여 살펴보고자 하였다. 다섯 번째 제 5장인 〈「라쇼몬」에 나타난 인간의 실존 - 신(神)의 부재 속에 선악(善悪) 문제 - 〉는 종교가 부재(不在)한 현실 세계에 홀로 던져진 인간의 실존 문제를 기존이 아닌 새로운 질서나 선악(善悪)과 결부지어 규명하고자 하였다. 그리고 여섯 번째와 일곱 번째는 둘 다 비교학적 관점으로 쓰여진 것으로, 우선 6장인 〈「라쇼몬」에 나타난 '문(門)'의 시대적 변용 - 아쿠타가와의 「라쇼몬」과 구로사와의 〈라쇼몬〉 - 〉은 1951년 베니스 영화제에서 금상을 차지한 구로사와 아키라(黒沢明) 감독의 영화 〈라쇼몬〉과 비교하여 라쇼몬의 '문(門)'의 닫힘과 열림을 통해 당시 일본의 전쟁 후 피폐된 일본 사회의 양상을 살펴보고자 하였다. 또한 7장인 〈히노 아시헤이의 「라쇼몬」에 나타난 허구세계 - 1940년대 '라쇼몬'의 시대적 재현 - 〉은 1945년 6월 19일 후쿠오카 대공습 및 8월 9일 나가사키 원폭투하의 처참한 모습 등을 라쇼몬 세계에서 극명하게 보여줌으로써 라쇼몬이 과거의 일회적 성격이 아닌 시대를 초월하며 현재 진행형으로 확장된 모습을 보여주고자 하였다.

물론 이 이외에도 「라쇼몬」 읽기는 실로 다양하다고 말할 수 있으며, 현재는 물론 미래에 있어서도 관점에 따라 수많은 읽기가 가능한 고전이라고 말할 수 있다. 나아가 여기 일곱 가지 읽기 시도는 단순히 문학 텍스트에 한정하는 것이 아니라, 우리가 살아가는 모든 세계를 텍스트화 하면서 다양한 의미를 생산하는 단초가 되었으면 하는 바램이다. 아무쪼록 부족하나마 본 저서를 계기로 독자들도 보다 폭넓고 새로운 문학 세계를 즐기기 바라며, 또한 현재 문학을 전공하고 있는 연구자에게는 텍스트 분석에 조금이나마 도움이 되길 바란다.

마지막으로 이 책을 출판해 주신 지식과 교양 윤석산 사장님께 진심으로 고마움을 전하고 싶다. 만일 윤석산 사장님의 도움이 없었다면 나의 「라쇼몬」에 관한 연구는 다만, 칠흙같이 어두운 밤만 있을 뿐 행방은 아무도 모를 것이다.

차례

작가론적 관점

제1장

「라쇼몬」의 창작경위를 둘러싼 제문제

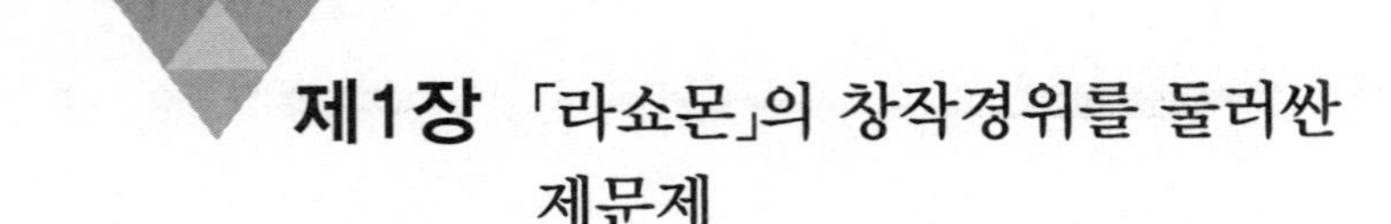

제1장 「라쇼몬」의 창작경위를 둘러싼 제문제

–‘죽음’에서 ‘삶’의 문학세계로–

1915년 11월 아쿠타가와 류노스케(芥川龍之介, 1892 - 1927)는, 그가 23세 때 잡지 『제국문학(帝国文学)』에 「라쇼몬」을 발표하였다. 그리고 이 「라쇼몬」은 현재까지 수많은 연구자들에 의해 연구되고 분석되고 있다. 예를 들어 아쿠타가와 작품 연구자들 중, 세키구치 야스구치(関口安義)는 주인공 하인(下人)의 행동을 ‘반역의 논리’[1]로 설명하거나, 혹은 히라오카 토시오(平岡敏夫)은 작품 배경을 중심으로 ‘이(異)공간의 입구’[2]로 논하기도 하였다. 이 외에도 나가노 죠이치(長野嘗一)[3]는 원전(原典)인『곤쟈쿠 이야기(今昔物語)』와의 비교 분석하거나, 코보리 게이이치로(小堀桂一郎)[4]는 외국 문학과의 유사성에 초점을 맞추어 연구해 왔다. 이처럼 「라쇼몬」은 단편 소설임에도

---

1) 関口安義, 「『羅生門』 - 反逆の論理獲得の物語」, 『国文学』, 学灯社, 1992, 2.
2) 宮坂覚 編, 「『羅生門』の異空間」, 『芥川龍之介 - 理性と抒情』, 有精堂, 1993.
3) 長野嘗一, 『古典と近代作家 - 芥川龍之介』, 有朋堂, 1967.
4) 志村有弘 編, 小堀桂一郎, 『芥川龍之介「羅生門」作品論集成Ⅰ』, 大空社, 1995.

불구하고, 연구자들의 다양한 해석을 통해 오늘날까지 이르고 있다.

특히 이러한 선행 연구들 중 주목하고 싶은 것은 미타니 쿠니아키(三谷邦明)의 경우, 작품 「라쇼몬」을 '죽음 = 재생을 시도한 것'[5]이라고 주장한 점이다. 이것은 「라쇼몬」이 지금까지 아쿠타가와의 초기작품[6]과는 달리 새로운 작품세계, 말하자면 삶의 세계를 엿볼 수 있기 때문에 가능하다. 그런데 사실 아쿠타가와의 초기작품은 거의 대부분 내용상 죽음이나 늙음 혹은 광인(狂人) 등이 주류[7]를 이루고 있으며, 「라쇼몬」또한 내용상 별반 다르지 않다. 그럼에도 불구하고 「라쇼몬」은, 미타니의 주장은 물론 아쿠타가와 스스로가 말한 '정신적 혁명'[8]으로, 기존의 작품과 다른 새로운 문학창작의 시작임이 틀림없다. 그러한 의미에서 실제 당시 아쿠타가와의 「라쇼몬」 창작 경위를 살펴봄으로써, 작품에 나타난 하인의 행위에서 죽음에서 삶을 지향하는 바가 구체적으로 무엇인지 논해 보고자 한다.

---

5) 三谷邦明, 「『羅生門』を読む」, 『日本文学』, 日本文学協会, 1984, 3, pp.9 - 10.

6) 아쿠타가와의 초기 작품은 「늙은 광인(老狂人)」(1909)을 시작으로 「광대탈(ひょっとこ)」(1915, 4)에 이르기까지의 시기(1909년부터 1915년 4월까지)로, 여기에 해당하는 작품으로는 미정고 작품인 「사상(死相)」(1909), 「금병매(金瓶梅)」(1914)를 포함하여 「오카와의 물(大川の水)」(1914), 「노년(老年)」(1914), 「청년과 죽음과(青年と死と)」(1914) 등을 들 수가 있으며, 이것들은 「라쇼몬」이전의 작품이다.

7) 미야사카 사도루(宮坂覚)는 초기작품에 관련해 "주제로 말할 것 같으면, 〈늙음〉이나 〈죽음〉이 그의 문학 출발점으로서 아쿠타가와 작품의 한 부분을 차지하고 있다는 것은 말할 필요도 없다"고 언급하고 있다.
志村有弘 編, 宮坂覚, 『芥川龍之介大事典』, 勉誠出版, 2000, p.532.

8) 아쿠타가와는 사사키 모사쿠(佐々木茂索)에게 보낸 편지에서 스스로 "**나는 한 동안(23세 전후) 정신적 혁명**을 받아 처음으로 괴테나 톨스토이와 같은 거장을 바로 보는 눈을 얻었다고 믿는 때가 있었다."(1919년 7월 31일)고 서술하고 있다. (진한 색 - 인용자)

1. 「라쇼몬」의 창작 경위와 '유쾌한 소설'

1918년 12월, 아쿠타가와는 「라쇼몬」을 쓸 당시를 생각하며, 다음과 같이 회고하고 있다.

> 당시 쓴 소설은 「라쇼몬」과 「코(鼻)」 두 작품이었다. **나는 반년쯤 전부터 불쾌하게 구애받던 연애문제의 영향으로, 혼자 있으면 기분이 침울해져, 그와 반대로 가능한 한 현실에서 벗어난, 유쾌한 소설을 쓰고 싶었다.** 그래서 우선 『곤쟈쿠 이야기』에서 재료를 얻어 이 두 개의 단편을 썼다. 썼다고 해도 발표한 것은 「라쇼몬」뿐이고, 「코」는 도중에 그만두고 한동안 정리하지 않았다.
>
> (「그 당시 자신의 일(あの頃の自分の事)」(별고)) (진한 색 - 인용자)

여기서 아쿠타가와가 말한 「라쇼몬」의 창작동기로 '나는 반년쯤 전부터 불쾌하게 구애받던 연애문제'를 열거하고 있는데, 이는 요시다 야요이(吉田弥生)와의 실연문제[9]를 말하고 있는 것으로, 사실 아쿠타가와는 이 문제로 인해 양가(養家) 사람들, 특히 이모 후키(フキ)의 에고이즘을 깨닫게 되는 계기가 되었다. 미요시 유키오(三好行雄)도 "「라쇼몬」이 성립하기 위해, 실연의 체험은 〈부드러운 방아쇠〉였다.

---

9) 1914년 여름부터 다음 해에 걸쳐 요시다 야요이(吉田弥生)와의 첫사랑 파국을 말하며, 당시 아쿠타가와는 친구 이가와 쿄(井川恭)에게 보낸 편지에서, "어떤 여자를 옛날부터 알고 있었다. 그 여자가 어떤 남자와 약혼을 하였다. 나는 그 때가 돼서 비로소 그 여자를 사랑하고 있었다는 것을 알았다. (중략) 집안사람에게 그 이야기를 꺼냈다. 그리고 격렬한 반대를 받았다. 이모는 밤새도록 울었다. 나도 밤새도록 울었다. 다음날 아침에 못마땅한 얼굴로 나는 단념하겠다고 말했다"(1915년 2월 28일) 라고 서술하고 있다.

그것은 부정할 수 없다하더라도 그 체험이 없었다면 「라쇼몬」의 세계는 불가능하였다"[10]라고 서술하고 있듯이, 아쿠타가와는 연애문제로 "혼자 있으면 기분이 침울해져 그 반대로 가능한 한 현실에서 벗어난, 가능한 한 유쾌한 소설을 쓰고 싶었"고, 그 '유쾌한 소설'이란 다름 아닌 「라쇼몬」과 「코」이었던 것이다.

그런데 그가 실연으로 혼자 외로움에 상심해 있던 상태에서 벗어나, 유쾌한 소설로 「라쇼몬」을 창작했음에도 불구하고, 작품 내용상 시대적 배경이나, 하인의 내적 갈등, 노파의 행위나 말 등을 볼 때, 결코 '유쾌한 소설'이라고 말하기 어렵다. 그렇다면 여기서 아쿠타가와가 말하는 '유쾌한 소설'이 작품 내용이 아니라면, 과연 무엇을 의미하고 있는지 주목할 필요가 있다. 왜냐하면 「라쇼몬」의 창작 동기인 '유쾌한 소설'의 의미를 명확히 규명하는 것이야말로, 그의 이전의 초기작품 양상과 다른 새로운 형태의 문학 창작의 시작을 뜻하기 때문이다.

우선 아쿠타가와는 「라쇼몬」 집필 중[11], 그의 친구인 이가와 쿄(井川恭)에게 보낸 편지를 인용하면 다음과 같다.

---

10) 三好行雄, 『芥川龍之介論』, 筑摩書房, 1976, p.53.

11) 1914년 3월 10일 아쿠타가와는 이가와 쿄에게 보낸 편지에서 "한 일주일 전에 스가모(巣鴨)에 있는 정신병원에 갔더니 (중략) 그 다음에 의학 해부를 보러 갔다. 20구의 시체에서 발산하는 악취에 질리지 않을 수 없었다."라고 쓰고 있으며, 그것은 「어느 바보의 일생(或阿呆の一生)」속에 "그는 그 시체를 바라보고 있었다. 그것은 그에게 어느 단편을, - 왕조시대를 배경으로 한 어느 단편을 완성하기 위해서 필요하였던 것이 틀림없다"(「어느 바보의 일생」, 〈9 시체〉)와 중첩되고 있음을 알 수 있다. 따라서 '어느 단편', 즉 「라쇼몬」의 성립 시기는 1914년 3월 시체 견학에서 1915년 11월에 발표할 때까지 사이였다고 추측할 수 있다.

> **가끔은 몹시 외로워 어떻게 할 도리가 없다. 그 대신 지금까지 나의 경향과는 반대인 것에 흥미를 느꼈다.** 나는 요즘 거칠어도 힘이 넘치는 작품이 재미있어졌다. 왜 그런지 나 자신도 잘 모르겠다. 다만 그런 작품을 읽고 있으면 외롭지 않은 거 같다.
>
> (이가와 쿄, 1914년 11월 30일)(진한 색 - 인용자)

여기서 "가끔은 몹시 외로워 어떻게 할 도리가 없다. 그 대신에 지금까지 나의 경향과는 반대인 것"이라는 말은 "혼자 있으면 기분이 침울해져, 그와 반대로 가능한 한 현실에서 벗어난"이란 말과 유사하다는 것을 짐작할 수 있다. 그렇게 유추해 본다면 "나는 거칠어도 힘이 넘치는 작품이 재미있어졌다"에서 '재미'란 '유쾌한 소설'의 '유쾌'라는 단어와 어떤 의미에서 일맥상통하다. 결국 '거칠어도 힘이 넘치는 작품'은 '유쾌한 소설'이며, 이것은 곧 「라쇼몬」의 중요한 창작동기가 된 것으로 생각할 수 있다. 더욱이 여기서 '거칠어도 힘이 넘치는 작품'이 구체적으로 무엇을 가리키고 있는지 관련해서는 아쿠타가와가 친구인 하라 젠이치로(原善一郎)에게 보낸 편지를 인용하고자 한다.

> 화가는 역시 마티스를 좋아합니다. 제가 본 몇 장 안되는 그림으로 판단해 지장이 없다면 정말로 위대한 화가라고 생각합니다. 제가 원하고 있는 것이 그러한 예술입니다. **햇살을 받아 쑥쑥 뻗어가는 풀과 같이 생명력이 넘치는 예술입니다.** 그런 의미에서 예술을 위한 예술은 반대입니다. 지금까지 제가 썼던 감상적인 문장이나 노래와는 영원히 이별입니다.
>
> (하라 젠이치로, 1914년 11월 14일)(진한 색 - 인용자)

게다가 아쿠타가와는 고호의 사진 화보집을 보고, 예술적 자각을 얻었다[12]고 말하고 있는데, 이러한 예술적 자각은 '햇살을 받아 쑥쑥 뻗어가는 풀과 같이 생명력이 넘치는' 곳에 있으며, 이 '생명력이 넘치는' 것이야말로 '거칠어도 힘이 넘치는 작품'이라고 볼 수 있다. 결국 그가 말한 '유쾌한 소설'이란 지금까지 삶의 부정, 죽음에 대한 감상적 초기작품이 아닌, 삶을 향한 문학이라고 하겠다. 그리고 아쿠타가와는 그 생명력이 넘치는 문학이 '제가 원하고 있는 것이 그러한 예술'이라고 말하고 있는 것이다.

사실 「라쇼몬」은 당시 그의 지인들에게도 혹평[13]을 받았고, 발표 때

---

12) 아쿠타가와는 「어느 바보의 일생」에서 "그는 갑자기 - 그것은 실제로 갑자기였다. 그는 어느 책방 서점 앞에 서서, 고호의 화집을 보고 있는 사이에 갑자기 그림이라는 것을 이해하였다. 물론 그 고호 화집은 사진판이었음이 틀림없다. 하지만 그는 사진판 속에서도 **선명하게 떠오르는 자연**을 느꼈다. **이 그림에 대한 열정은 그의 시야를 새롭게 하였다**"(「어느 바보의 일생」, 〈7 그림〉) (진한 색 - 인용자)라고 서술하고 있다. 여기서 '선명하게 떠오르는 자연'이란 어떤 의미에서 생명력이 넘치는 자연이라고 볼 수 있다. 그 외에도 1919년 7월 31일 사사키 모사쿠(佐木茂索)에게 보낸 편지 내용 중, 아쿠타가와는 괴테나 톨스토이의 작품에 관해서도 "내가 살려고 하는 용기를 느낀 것은 정말로 이런 순간이다. 그들 영혼의 하나로서 고뇌의 오욕을 느끼지 않을 수 없다. 게다가 또한 천상의 미소는 항상 그 면에 비추고 있는 것을 본다. 그들은 이미 살려고 악투를 하였다. 내 어찌 창이 부러지고 방패가 꺾인 것을 마다하겠는가. 나를 내몰아 창작으로 향하게 한 것은 이러한 감격이다"고 쓰고 있다. 이것과 관련해서 에비이 에이지(海老井英次)는 "이 〈정신적 혁명〉의 내실, 즉 〈감상(感傷)적인 것〉을 초극하여 생명력이 넘치는 것으로의 비상이라는 〈자아 각성〉의 드라마를 그대로 작품화한 것이 다음해 「라쇼몬」(『제국문학』1915, 11)이었다고 말할 수 있다"(海老井英次, 『芥川龍之介－人と文学－』, 勉誠出版, 2003, p.31)라고 지적하고 있다.

13) 아쿠타가와가 "「광대탈」과 「라쇼몬」도 『제국문학』에 발표하였다. 물론 두 작품 모두가 누구에게도 주목을 끌지 못했다. 완전히 묵살당했다"(「소설을 쓰게 된 것은 친구의 선동에 의한 것이 많다(小説を書き出したのは友人の扇動に負ふ所が多い)」) 그리고 "당시 제국문학의 편집자였던 아오키 켄사쿠(青木健作)씨의 호의로, 간신히 활자가 될 수 있었지만, 6호 비평에조차 오르지 못했다"(「그 당시 자신의 일」

에는 거의 주목을 받지 못한 작품임에도 불구하고, "당시 어느 정도 자신 있는 작품이었습니다."(에구치 칸(江口渙), 1917년 6월 30일) 라고 언급하며 주위의 평가보다 작가 스스로 높이 평가하고 있다, 더욱이 아쿠타가와는 1917년 5월 23일, 제 1단편집 『라쇼몬』 표제로 권두에 「라쇼몬」을 실었는데, 이는 지금까지 추상적, 감상적 초기작품의 종언과 함께 새로운 삶의 문학으로 가려는 준 처녀작으로 자리매김하고 있는 것이라 하겠다.

2. 일상세계에 있어서 '삶'과 '죽음'의 기로

지금까지 「라쇼몬」의 창작 경위를 대해서 간략하게나마 알아보았다. 그렇다면 과연 아쿠타가와의 새로운 문학 창작이, 이른바 어떻게 '유쾌한 소설'이자 '생명력이 넘치는'지 직접 작품에 투영된 하인의 행위를 통해서 살펴보고자 한다.

> 어느 날 해질 무렵의 일이다. 한 하인(下人)이 라쇼몬 아래에서 비가 그치기를 기다리고 있었다.
>
> 넓은 문 아래에는 이 남자 외에는 아무도 없었다. 다만 여기저기 붉은 칠이 벗겨진 커다란 원기둥에 귀뚜라미 한 마리가 앉아 있을 뿐이었다. 라쇼몬이 주작대로(朱雀大路)에 있는 이상, 이 남자 외에도 비가 그치기를 기다리는 이치메 가사(市女笠)나 모미에 보시(揉烏帽子)를 쓴 사람이 두 세 명은 더 있을 법하다. 그런데 이 남자 외에는 아무도

(별고))라고 술회하고 있다.

없다.

하인에게 있어서 라쇼몬[14]의 문 아래는 현실이자, 일상세계라고 볼 수 있다. 그리고 그가 서 있는 세계에는 현재 '비'가 내리고 있다. 에비이 에이지는 "이 〈비〉는 라쇼몬에 의해 상징된 인간의 영위(문명)를 부패시키고, 멸망시키는 〈자연〉 그것이다"[15]라고 언급하고 있지만, 이러한 일상세계는 에비이 에이지가 말한 '비'뿐만 아니라, "2, 3년 동안 교토에는 지진이며 폭풍이며 기근 같은 재화가 잇따라 일어"나, 그것으로 인해 "마침내는 연고자가 없는 죽은 사람을 이 문에다 갖다버리는 습관마저 생긴" 죽음의 세계인 것이다. 이러한 죽음에 둘러싸인 일상세계에서 하인은 갈 곳이 없어서 어찌할 바를 모르고, 이대로 죽어야 할 것인가. 아니면 죽음의 세계에서 빠져 나와 삶의 세계로 가야 할 것인가라는 기로에 놓여 있다.

> 어찌해도 되지 않는 일을, 어떻게든 하기 위해서는 수단을 가릴 겨를이 없다. 가리다간 담벼락 아래던가, 길바닥 위에서 굶어 죽을 뿐이다. 그리하여 이 문 위로 실려 와, 개처럼 버려지고 말 뿐이다. 만약 가

---

14) 〈라쇼몬〉에 관해서, 에비이 에이지는 "〈문〉이라는 것은 어떤 세계로의 입구이며, 또는 어떤 공간으로의 출구로, 두 개의 세계를 가르는 경계인 것과 동시에 두 세계의 교류, 교차하는 장소이기도 하다. 아쿠타가와 작품 속에서 우선 「라쇼몬」(1915)이 상기될 것이다. (중략) 여기에 있어 〈문〉은 단순히 경계로서 그것인 아닌, 오히려 인간의 본질적인 자세를 묻고, 확인하는 드라마의 무대로서 공간적인 의미를 갖게 하는 장소라고 말할 수 있다"(海老井英次, 「芥川龍之介語彙集」, 『国文学』, 学灯社, 1994, 4, p.112)라고 언급하고 있듯이, '라쇼몬'은 단순히 '문'이라는 배경으로서의 역할보다는 하인에게 삶과 죽음의 입구이자 출구로서의 의미를 갖고 있다고 볼 수 있다.

15) 海老井英次, 『芥川龍之介論攷』, 桜風社, 1988, p.85.

리지 않는다면 - 하인의 생각은 몇 번이나 똑같은 길을 배회한 끝에 간신히 이러한 결론에 다다랐다. 그러나 이 '한다면'은 언제까지나 '한다면'으로 끝났다. 하인은 수단을 가리지 않는다는 것을 긍정하면서도, 이 '한다면'의 결말을 짓기 위해 당연히 그 뒤에 올 '도둑이 되는 수밖에 방법이 없다'는 것을 적극적으로 긍정할 만큼 용기가 나지 않았다.

사실 하인은 여러 해 섬기고 있던 주인으로부터 해고되어, 문아래 - 일상세계 - 에서 "어찌해도 되지 않는 일을, 어떻게든 해"보려고 하고 있다. 다시 말해서 하인은 죽음으로 둘러싸인 일상세계 속에서 굶어 죽을 것인가?' - 삶의 부정 - , 아니면 '도둑이 될 것인가?' - 삶의 긍정 - 하는 양자택일에 놓이게 된 것이다. 그런데 현재 하인은 이러한 죽음과 삶의 경계에서 결정을 못 내린 채 망설이고 있다. 물론 하인이 굶어 죽는 것을 면하기 위해서는 도둑질을 하는 수밖에 없음을 알고 있지만, 살기 위해서 도둑질을 할 '용기'가 없었다. 카사이 아키후(笠井秋生)는 "하인이 지금까지 알게 모르게 몸에 익혔던 상식적인 도덕감이 용기의 결여와 깊게 관련이 있는 것을 부정할 수 없다"[16]라고 언급한 것처럼, 하인에게 있어서 도둑질을 하는 것은 일상세계의 '상식적인 도덕감'에서 벗어나는 행위이기도 하다. 그러므로 하인이 살아가려고 해도 이 '상식적인 도덕감'을 배반하는 행위 - 말하자면 악(悪)이라는 행위 때문에 용기를 내지 못하고 있다. 물론 곤노 아키라(今野哲)는 "하인이 선악의 좌표축을 확고하게 가지며 유지해 온 사회적 기반도 이미 존재하지 않는다. (중략) 교토의 붕괴는 기존 가치

---

16) 笠井秋生, 『芥川龍之介作品研究』, 双文社出版, 1993, p.18.

관의 붕괴였다. 하인에게 있어서 그 세계에서의 선악의 좌표축은 이미 보편적 유효성을 상실하고 있는 것이다"[17]라고까지 언급하고 있지만, 여전히 하인은 용기를 갖지 못한 채, 봉건적인 제도, 혹은 일상세계의 윤리, 도덕에 속박되어 있다고 보아야 한다.

한편, 문 아래에 있던 하인은 "비바람이 들이칠 염려가 없고, 사람들 눈에도 띄지 않는, 하룻밤 편하게 잘 수 있는 곳"을 찾으려고 사다리를 타고 문 위로 올라간다. 그리고 그는 문 위에서 "노송나무 껍질의 붉은 빛 거무칙칙한 옷을 입은, 키 작고 야윈 백발의 원숭이처럼 생긴" 노파가 여인의 시체에서 '머리카락을 하나하나 뽑'고 있는 모습을 발견하고, 노파에게 그 이유로 묻자 노파는 다음과 같이 대답하고 있다.

> "이 머리카락을 뽑아서 말이야. 이 머리카락을 뽑아서 말이야. 가발을 만들려고 했지." (중략) "하기야 죽은 사람의 머리카락을 뽑는 건 필시 나쁜 짓 일게야. 하지만 여기에 있는 죽은 사람 모두 이 정도의 일을 당해도 싼 인간들뿐이야." (중략) "나는 이 여자가 한 짓을 나쁘다고 생각지 않아. 그렇지 않으면 굶어 죽게 생겼으니 어쩔 수 없이 한 일이겠지. 그러니까 지금 내가 한 일도 나쁜 짓이라고는 생각하지 않아."

비록 노파의 대답 속에는 그녀 자신의 행위를 합법화, 정당화하고 있지만, 그녀가 여인의 시체에서 머리카락을 하나하나 뽑고 있는 행위는 문 아래에 있던 하인에게 있어서는 '상식적인 도덕감'에 반하는

---

17) 志村有弘 編, 今野哲, 『芥川龍之介「羅生門」作品論集成Ⅱ』, 大空社, 1995, pp.19-20.

행위로 용서할 수 없는 악이었다. 그러나 노파가 말한 삶의 논리, 즉 살아가기 위해서는 악행를 하는 것도 어쩔 수 없는 것이라는 말이야말로, 오히려 하인 자신이 처한 죽음의 일상세계 속에서 살아가기 위한 하나의 방법이라 볼 수 있다. 미요시 유키오가 "하인에게 정말로 필요하였던 것은 〈용서할 수 없는 악(惡)〉을 용서하기 위한 새로운 인식의 세계, 초월적인 윤리를 뛰어 넘는 윤리임이 틀림없다"[18]라고 지적하고 있듯이, 일상세계에서 노파가 도둑질을 하는 행위 - 일상세계의 윤리나 도덕을 파괴하는 행위 - 는 지금까지 하인이 문 아래에서 생각했었던 악의 행위가 실은 일상세계에서 흔히 있는 행위라고 하는 인식의 전환, 바꾸어 말해 지금까지 하인에게 없었던 '용기'를 주는 역할을 하고 있는 것이다. 그러므로 하인이 문 위에 올라갔을 때, 노파의 에고이즘적인 말을 통해서 얻은 '용기'야말로 하인 자신이 살기 위해 도둑질을 하는 것이 결코 악의 행위가 아니라는 것을 긍정하게 되고, 결과적으로 일상세계의 모든 구속에서 벗어날 뿐만 아니라 죽음으로부터 삶을 지향하게 되었다고 볼 수가 있다.

3. '삶'의 긍정과 새로운 문학을 향한 출발

그런데 하인은 이러한 노파의 대답에서 얻은 용기를 단순히 자신의 내적 변화에만 머문 것이 아니다. 오히려 하인은 노파의 말을 적극적으로 실천에 옮기고 있다.

---

18) 三好行雄, 위의 책, p.63.

"분명 그렇단 말이지?"

노파의 이야기가 끝나자 하인은 비웃는 듯한 목소리로 되물었다. 그리고 한 발짝 앞으로 다가서더니, 난데없이 오른손을 여드름에서 떼어 노파의 목덜미를 움켜쥐더니 잡아먹을 기세로 이렇게 말했다.

"그럼 내가 날강도 짓을 한다 해도 원망하지 마라. 나도 그렇게 하지 않으면 굶어 죽을 판이니까."

하인은 재빨리 노파의 옷을 벗겼다. 그리고는 발을 붙잡고 늘어지는 노파를 거세게 걷어차 시체 위에 쓰러뜨렸다.

하인이 노파의 옷을 벗기고 그녀를 시체 위로 걷어찬 행동과 관련해서 이즈 토시히코(伊豆利彦)는 "자기 = 인간의 추악함을 정당화하고, 합법화하는 노파에 반발하는 하인이 노파를 쓰러뜨리고, 옷을 벗겨낸 것에 의해 이와 같은 합법성, 사회성과 정면으로 대립하는 곳으로 자신을 내밀었다"[19]고 서술하고 있다. 그러나 만일 이즈의 말을 그대로 받아들인다면 '합법성, 사회성과 정면으로 대립하는 곳'은 다름 아닌 굶어죽을 수밖에 없는 죽음의 세계이다. 그러므로 작품 마지막 부분에서 하인이 도둑질하러 가는 모습 - 삶을 지향하는 모습 - 을 유추해 본다면, 이러한 주장은 사실 설득력이 떨어진다. 오히려 그것보다는 하인이 도둑질을 하는 것은 악이 아니라는 인식 전환으로 말미암아, 노파의 옷을 벗기는 행동을 긍정하게 되었고, 이것은 결과적으로 앞으로 하인이 향하는 문 아래가 문 위로 올라오기 이전의 죽음의 세계가 아니라, 삶의 세계로 바뀌게 된 것이라고 보는 것이 타당하다.

19) 志村有弘 編, 伊豆利彦, 「芥川龍之介ー作家としての出発の一考察ー」, 『芥川龍之介「羅生門」作品論集成 I 』, 大空社, 1995, p.269.

하인은 빼앗아 든 노송나무 껍질의 붉은 빛 거무칙칙한 옷을 겨드랑이에 끼고, 눈 깜짝할 사이에 가파르게 세워진 사다리를 타고 어둠 속으로 뛰어 내려갔다.

한참 동안 죽은 듯이 쓰러져 있던 노파가 시체들 사이에서 그 벌거벗은 몸을 일으킨 것은 그로부터 얼마 지나지 않아서였다. 노파는 투덜거리는 혹은 신음하는 소리를 내며, 여전히 타고 있는 불빛을 의지해 사다리 입구까지 기어갔다. 그리고 거기서 짧은 백발을 늘어뜨리며 문 아래를 살펴보았다. 밖에는 다만, 칠흑같이 어두운 밤만 있을 뿐이다.

하인의 행방은 아무도 모른다.

특히 작품 마지막 부분은 "하인의 행방은 아무도 모른다"로 끝을 맺고 있지만, 실은 당시 1915년에 발표된 「라쇼몬」에서는 "하인은 이미 비를 무릅쓰고, 교토에 있는 마을로 도둑질을 하기 위해 서두르고 있었다"[20]라고 쓰여져 있었다. 마스기 히데키(真杉秀樹)는 "노파의 이론을 형이하학적 수준에서 찬탈한 하인이 재차 향하는 곳이 같은 의미에서의 〈내부(여기에서는 도성 안)〉이라고는 결코 생각할 수 없다. (중략) 노파는 〈칠흑같이 어두운 밤〉을 거꾸로 들여다보는 것에 의해 전도된 새로운 〈세계〉의 양상을 바라보기 시작했다"[21]라고 서술

20) 완성본인 「라쇼몬」(『코』 · 春陽堂 · 1918년 7월)에 이르러, 현재와 같은 "하인의 행방은 아무도 모른다"라고 쓰여져 있다.

21) 真杉秀樹, 「『羅生門』の記号論」, 『解釈』, 教育出版センター, 1989, p.34, p.39. 또한 세키구치 야스요시도 "하인은 몹시 불쾌한 행동력으로, 〈새롭게 태어〉나, 〈어둠 속〉으로 뛰어 내려간다. 그곳은 하인이 지금까지 속해 있던 질서있는 세계가 아닌 무질서이면서 활기가 가득찬 자유로운 세계였다. 하인은 과거의 자신을 버리고 〈반역의 논리〉로 몸을 휘감고 사는 것을 결의하였다"(関口安義, 위의 책,

하고 있듯이, 지금까지 죽음의 세계였던 일상세계가 하인이 도둑질하러 가는 행위로 말미암아 삶의 세계로 새롭게 바뀌고 있다. 물론 처음 하인이 서 있던 문 아래와 현재 문 아래는 같은 문 아래이다. 하지만 문 위에 있었던 하인의 인식 전환은 이처럼 같은 문 아래를 전혀 다른 세계로 바꾸어 놓았던 것이다.

아쿠타가와는 1916년경으로 추정되는 그의 편지에서 "때때로 나를 엄습하는 죽음의 예감만큼 이상한 느낌은 없다. 나는 이것을 누구라도 이해한다고는 도저히 생각할 수가 없다. (중략) 〈죽기 전에 빨리 삶의 프로그램을 끝내 두자〉 그런 생각이 종종 든다. 이것으로 글을 쓰게 된 후 네 번째 소설을 쓰게 된 것이다"라고 서술하고 있는데, 여기에서 그가 말한 '삶의 프로그램'으로서 쓴 네 번째 소설을 발표순으로 살펴보면 「노년」(1914, 5, 『신사조』), 「청년과 죽음과」(1914, 9,『신사조』), 「광대탈」(1915, 4, 『제국문학』), 「라쇼몬」(1915, 11, 『제국문학』)으로 「라쇼몬」이 네 번째에 해당된다. 이것은 지금까지 초기 작품에 나타난 죽음의 이미지가 「라쇼몬」을 시작으로 삶의 이미지로 바뀌는 것을 의미하기도 하다. 그리고 그의 제 1창작집인『라쇼몬』서문에 "자신은 『라쇼몬』 이전에도 몇 개의 단편을 썼다. 아마 미완성 작품을 합하면 이 작품집에 들어갈 작품은 두 배 이상이 될 것이다"라고 언급하듯이, 이것은 그가 「라쇼몬」 이전의 작품 - 초기작품에 해당하는 많은 작품 - 을 제1 창작집인 『라쇼몬』에 싣지 않았던 이유가 바로 초기작품에 나타난 죽음의 세계가 앞으로 삶을 지향하는 문학 세계

---

p.76)라고 서술하고 있다.

와 서로 상응하지 않았기 때문이라 생각할 수 있다. 이처럼 아쿠타가와의「라쇼몬」 창작 경위 및 작품 주인공인 하인의 행동에서도 살펴볼 수 있듯이, 아쿠타가와는 양가 사람들의 에고이즘에 자신의 주어진 운명을 있는 그대로 순응한 것이 아니라, 새로운 문학창작인「라쇼몬」을 통해 삶과 자유를 지향하는 일상세계를 이룩하고자 하였다.

이것은 아쿠타가와의 이전의 초기작품 세계와는 다른 새로운 문학창작의 계기가 되었으며, 이러한 새로운 문학창작이야말로 곧 그에게 있어서 예술지상주의로의 출발이 되었다고 말해도 좋을 것이다. 흔히 예술지상주의라고 하면 '예술을 위한 예술(L'art pour l'art)'을 가리키는 말이다. 하지만 아쿠타가와에게 있어 예술지상주의는 그의 편지에서도 언급하고 있는 것처럼, '예술을 위한 예술'이기보다는 오히려 '인간을 위한 예술'이며, 더 구체적으로 말하자면 '생명을 위한 문학창작'이었다고 말해도 좋다. 그리고 그의 이러한 삶을 지향하는 예술지상주의는 구체적으로 그의 '역사소설군' 중「지옥변(地獄変)」(1918, 5)과 '기독교소설군' 중「줄리아노 기치스케(じゆりあの · 吉助)」(1919, 9)에 나타난 광인(狂人)이나 우인(愚人)이 초인(超人)과 성인(聖人)으로 승화시킴으로써 삶의 향해 비상(飛上)하고 있음을 엿볼 수 있다.

신화론적 관점

제2장

「라쇼몬」에 나타난 신화적 공간

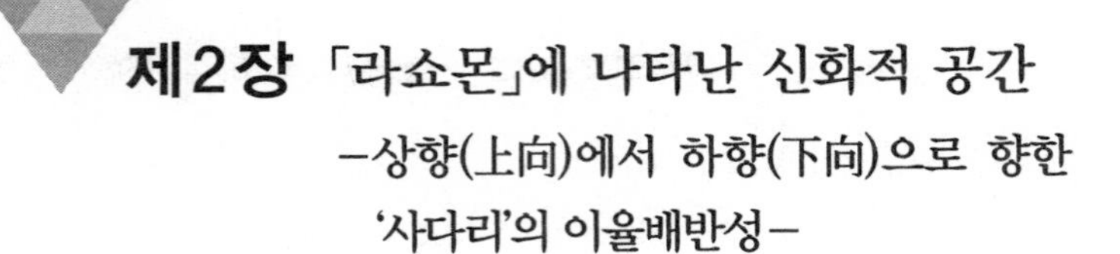

제2장 「라쇼몬」에 나타난 신화적 공간
－상향(上向)에서 하향(下向)으로 향한 '사다리'의 이율배반성－

「라쇼몬」의 시간적, 공간적 배경을 신화적 관점, 구체적으로 사다리의 상징성이란 관점을 통해 살펴보고자 한다. 작품 구성은 시간적으로 '해질 무렵', 그리고 공간적으로 라쇼몬, 즉 문 아래 → 사다리 → 문 위 → 문 아래로 이루어져 있는데, 미타니 쿠니아키(三谷邦明)는 하인의 공간이동, 다시 말해 하인이 사다리를 이용하여 문 아래에서 문 위로 올라가는 과정을 하나의 '통과의례(이니시에이션, initiation)'[1]라고 말하고 있다. 그리고 이러한 사다리와 같은 상징은 아쿠타가와의 다른 작품에서도 그와 유사한 의미작용을 찾아 볼 수 있다. 그러므로 여기서는 「라쇼몬」에서 보인 사다리의 상징성을 다른 상징들과 비교하면서 각각의 작품 공간에 내포하는 신화적 의미를 재구성해 보고자 한다. 이것은 결과적으로 하인의 행위가 단순히 일회성에 그치는 것이 아니라, 반복적, 현재적 순환 구조를 통해 재구성함

---

1) 三谷邦明,「『羅生門』を読む」,『日本文学』, 日本文学協会, 1984.3, pp.9－10.

으로써, 어떻게 신화적 영웅으로 탄생해 나가는지 규명하는데 그 의의가 있으리라 본다.

1. 사다리, 그 제의(祭儀)적 공간

작품 「라쇼몬」은 시간적으로 해질 무렵, 공간적으로 라쇼몬 문 아래라는 구조에서 하인이 비를 멈추기를 기다리는 모습으로 시작되고 있다.

> 어느 날 해질 무렵의 일이다. 한 하인(下人)이 라쇼몬 아래에서 비가 그치기를 기다리고 있었다.
> 넓은 문 아래에는 이 남자 외에는 아무도 없었다. 다만 여기저기 붉은 칠이 벗겨진 커다란 원기둥에 귀뚜라미 한 마리가 앉아 있을 뿐이었다. 라쇼몬이 주작대로(朱雀大路)에 있는 이상, 이 남자 외에도 비가 그치기를 기다리는 이치메 가사(市女笠)나 모미에 보시(揉烏帽子)를 쓴 사람이 두 세 명은 더 있을 법하다. 그런데 이 남자 외에는 아무도 없다. (중략) 비는 라쇼몬을 에워싸며, 멀리서부터 쏴아 하는 소리를 몰고 온다. 땅거미는 점차 하늘에 드러누워 있고, 위를 쳐다보면 문 지붕이 비스듬히 내민 기와 끝으로 짙게 깔린 어두컴컴한 구름을 떠받치고 있다.

야마구치 마사오(山口昌男)는 "사람은 스스로를 특정한 시간 속에서 경계상 혹은 그 속에 두는 것에 의해 일상생활의 효용성에 지배되어진 시간과 공간의 규범에서 스스로를 해방하고, 자신의 행위나 언어가 잠재적으로 가진 의미작용과 직면하여 〈다시 태어난다〉는 체험을 가질 수가 있다"[2)]라고 언급하고 있는데, 이를 근거로 「라쇼몬」 배경을 다시 살펴보면 낮과 밤의 경계인 해질 무렵이라는 시간과 더불어 라쇼몬 공간을 중심으로 도성 안과 밖의 경계에 세워져 있음을 알 수 있다. 마르치아 엘리아데[3)]는 건축물의 신화적 성격에 관련해서 "이러한 성스러운 건축물은 모두, 그 건축물 각각에 우주산(宇宙山)을 재현하고 있으며, 바꾸어 말하면 그것은 〈세계의 중심〉에 세워져 있다고 간주된다"[4)]고 말한 것처럼, 어떤 의미에서 '라쇼몬'은 하늘과 땅이 만나는 신화적 공간, 혹은 소우주적인 공간 - 성스러운 공간 - 으로서 그 상징적 의미를 띄고 있다고 하겠다. 그리고 이러한 시간적, 공간적 구조 속에서 하인의 모습 또한 "이 남자 외에는 아무도 없다"고 하는 반복적 서술에서 시간과 공간의 신성함을 강조한 점이나 "하인은 비가 그치기를 기다리고 있었다"고 서술하기 보다는 "비에 갇힌 하인이 갈 곳이 없어 어찌할 바를 모르고 있었다"고 서술함으로써 주

---

2) 志村有弘 編, 真杉秀樹, 「『羅生門』の記号論」, 『芥川龍之介「羅生門」作品叢集成 Ⅱ』, 大空社, 1995, p.434, 재인용.

3) 마르치아 엘리아데(Mircea Eliade, 1907 - 1986) 1945년 파리 소르본대학의 종교학 객원교수가 되었으며, 『우주와 역사 Cosmos and History』(1957), 『샤머니즘 Shamanism』(1964)을 저술하였다. 그는 많은 저작을 통하여 구미 종교학계에 큰 영향을 끼쳤는데, 그 기조를 이루는 것은 지구사회의 출현에 대응하는 새로운 휴머니즘으로, 역사와 문화의 차이를 초월한 인류의 공통기반을 신화, 상징, 의례(儀禮) 등의 연구로 입증하고자 하였다.
네이버 백과사전 http://terms.naver.com/entry.nhn?docId=1125819&cid=40942&categoryId=33476 참조

4) エリアーデ, 久米博 訳, 「聖なる空間と時間」, 『エリアーデ著作集 第三巻』, せりか書房, 1974, p.66.

인공 하인의 행위를 제약하는 것과 동시에, 앞으로 문 위로 향하는 사다리를 타고 올라갈 수밖에 없는 운명적 필연성을 부여하고 있는 것이다.

특히 여기에서 언급한 사다리는 라쇼몬의 문 아래와 문 위를 연결하면서, 이는 또다시 세속적인 세계에서 미지의 세계(혹은 성스러운 세계)로 이어주는 역할을 하고 있다. 왜냐하면 그 근거로 엘리아데는 사다리(혹은 계단, 나무, 칡덩굴, 거미줄)[5]의 상징성에 관련해서 다음과 같이 말하고 있기 때문이다.

> (사다리와 - 인용자) 계단은 매우 풍부한 상징을 지니고 있는 동시에 그 의미는 완전히 일맥상통하다. 즉 **현 존재양상에서 다른 존재양상으로의 이행을 가능케 하는 차원의 단절을 조형적으로 보여준다는 점**이다. 또한 **천상계, 지상계, 지옥 간의 소통을 가능케 하는 우주론적 차원**에 우리를 위치시킨다는 점에서도 그러하다. 바로 이러한 이유 때문에 사다리와 계단은 통과의례와 신화에서, 장례의식에서, 제왕이나 교황의 즉위의식에서, 그리고 혼인의례에서 그토록 중요한 역할을 하는 것이다.[6] (진한 색 - 인용자)

히라오카 토시오(平岡敏夫) 또한 하인 앞에 놓인 사다리가 "일상적 공간, 낮의 세계에서 이(異) 공간인 밤의 세계로 이르는 경계(境界)이다"[7]고 서술하고 있는 바, 사다리는 현재의 차원에서 다른 차원

---

5) 마르치아 엘리아데, 이재실 역, 『이미지와 상징: 주술적 - 종교적 상징체계에 관한 시론』,까치글방, 2005, p.55.

6) 마르치아 엘리아데, 이재실 역, 위의 책, p.38.

7) 平岡敏夫, 「『羅生門』の異空間」, 『芥川龍之介と現代』, 大修館書店, 1995, p.29.

으로 가는 통로 혹은 저차원에서 고차원으로 가기 위한 수단이라 하겠으며, 이러한 사례는 아쿠타가와의 다른 작품, 예를 들어 돌계단[8], 거미줄[9], 산[10], 나무[11], 밧줄[12], 인공의 날개[13] 등에서도 다양하게 재현되고 있다. 결국 하인이 사다리를 타고 문 위로 올라가는 모습 또한 하나의 통과의례(제의적 행위)이며, 이는 문 아래라는 세속적 세계의 단절과 함께 문 위라는 새로운 존재 양식, 아니면 절대자나 초월적 존재로의 접근이라고 생각해 볼 수 있다. 나아가 이러한 통과의례와 같

---

8) "눈이 내려 흐린 하늘이 어느새 진눈깨비 섞인 비를 뿌리고, 좁은 길거리는 진흙으로 질퍽하게 덮여 종아리까지 들어갈 정도의 어느 추운 날 오후의 일이었다. (중략) 거기에는 산신묘(山神廟)라는 세 글자가 적혀 있었다. 입구 돌계단을 두세 계단 오르자 문이 열려 있어서 내부가 보인다."(「선인(仙人)」, 1915)

9) "멀리 멀리 천상에서 은색의 거미줄이 마치 남의 눈에 띄는 것을 두려운 것처럼, 한 줄기 가늘게 반짝이며, 거침없이 제 위로 드리워져 오는 것이 아니겠습니까?"(「거미줄(蜘蛛の糸)」, 1918)

10) "철관자(鐵冠子)는 그곳에 있던 파란 대나무를 한 자루 집어 들더니, 입속으로 주문을 외우면서 두자춘과 함께 그 대나무에 말을 타듯이 올라탔습니다. 그러자 이상한 일이 일어났습니다. 대나무는 갑자기 용처럼 기운차게 위로 날아오르더니 맑은 봄의 저녁 하늘을 날아 아미산 쪽으로 가는 것이 아닙니까?"(「두자춘(杜子春)」, 1920)

11) "그럼 선인이 되는 기술을 가르쳐 줄 테니까, 그 대신 어떤 어려운 일이라도 내가 말한대로 하거라. 그렇지 않으면 선인이 되기는커녕, 또다시 20년 동안 머슴살이 하지 않으면 벌받아서 죽을 테니까" "예, 어떤 어려운 일이라도 반드시 수행해 보이겠습니다" 곤스케(權助)는 싱글벙글 웃으면서 주인마님의 분부를 기다렸습니다. 그럼 저 마당에 있는 소나무에 올라가라."(「선인(仙人)」, 1922)

12) "천장에서 그곳에 내려와 있던 한 가락 밧줄을 잡아 당겼습니다. 그러자 지금까지 알지 못했던 창문이 하나 열렸습니다. 그리고 또한 동그란 창문 외에는 소나무나 노송나무가 가지를 뻗은 맞은편에 넓은 창공이 활짝 개어 있었습니다."(「갓파(河童)」, 1927)

13) "그는 인공의 날개를 펴고, 손쉽게 하늘을 향해 날아올랐다. 동시에 또한 이지의 빛을 받으며 인생의 즐거움과 슬픔을 그의 눈 아래로 가라앉혔다. 그는 초라한 마을들 위로 역설과 비웃음을 띄우며, 막힐 것 없는 공중에 떠있는 태양을 향해 곧바로 올라갔다."(「어느 바보의 일생(或阿呆の一生)」, 1927)

은 신화적 장치가 어쩌면 하인을 보통 사람에서 신화적 영웅으로 새롭게 태어나게 하는 일도 가능할지 모른다.

우선 하인이 사다리를 오르는 모습을 보면 다음과 같은 흥미로운 사실을 알 수 있다.

> 다행히 문 위 누각으로 오르는 폭 넓은 게다가 붉은 칠을 한 사다리가 눈에 띄었다. 문 위라면 사람이 있다 하더라도 어차피 죽은 사람들뿐이다. 그래서 하인은 허리에 찬 손잡이가 나무로 된 칼이 빠져나오지 않도록 신경쓰면서, 짚신을 신은 발을 그 사다리 맨 아랫단에 밟고 올라가기 시작했다.
>
> 그로부터 몇 분인가 지났다. 라쇼몬 누각 위로 올라가는, 폭 넓은 사다리 중간쯤에 한 사내가 고양이처럼 몸을 움츠리더니 숨죽이며 위의 상황을 엿보고 있었다. (중략) 하인은 도마뱀붙이처럼 발소리를 죽이며 가파른 사다리를 맨 윗단까지 기듯이 겨우 올라갔다. 그리고는 몸을 될 수 있는 대로 바닥에 달라붙듯 납작히 하고, 목은 가능한 앞으로 내밀어 조심조심 누각 안을 들여다보았다.

하인이 사다리를 타고 올라가는 모습을 단계별로 보면, 가장 아래단에서는 '허리에 찬 손잡이가 나무로 된 칼이 빠져나오지 않도록 신경'쓰면서, 중간 단에서는 '고양이처럼 몸을 움츠리더니 숨죽이'며, 마지막으로 최상단에서는 '몸을 될 수 있는 대로 납작히 하고, 목은 가능한 앞으로 내밀어 조심조심' 문 위를 엿보고 있다. 다시 말해 하인은 문 아래 세계에서 멀어짐에 따라 지금까지 경험하지 못한 낯선 세계 - 그것은 죽은 사람으로 가득찬 문 위에서 하룻밤을 보낸다는 - 에 대한 두려움과 호기심이, 그리고 문 위로 가까워짐에 따라 문 위 세계에 대한 점차 경외심과 신비로움 - 죽은 사람 사이로 이리저리 움직이는 노파 - 이 교차하고 있음을 알 수 있다.

이처럼 사다리는 현실 공간에서 다른 공간으로 이어주는 제의적 성격뿐만 아니라, 하인이 점차 위로 올라간다는 상층 지향적 의미에서 본다면 사다리는 세속적 의미보다는 오히려 초월적이고 신성한 세계로 인도한다는 역할을 한다고 보아야 할 것이다.

2. 문 위, 그 신화적 세계의 이면(異面)

지금까지 하인이 사다리를 타고 올라가는 모습은 일상세계에서 새로운 세계로 가기 위한 여정이었다. 그리고 이러한 상징적 통과의례를 통해 하인이 도달한 문 위는 일상의 공간이 아닌 성스러운 공간, 말하자면 문 아래의 세계(세속적인 공간, 현실 세계)에서 문 위의 세계(성스러운 공간, 초월 세계)로 옮겨 간 것이라고 말할 수 있다.

> 라쇼몬 누각 위로 올라가는, 폭 넓은 사다리 중간쯤에 한 사내가 고양이처럼 몸을 움츠리더니 숨죽이며 위의 상황을 엿보고 있었다. (중략) 하인은 애당초 이 문 위에 있는 자는 죽은 사람뿐이라고 지레짐작하고 있었다. 그것이 막상 사다리를 두 세단 기어 올라가 보니 위에서는 누군가 불을 켜고, 더구나 그 불을 이리저리 움직이고 있는 것 같았다. (중략) 이 비오는 밤에, 이 라쇼몬 문 위에서 불을 켜고 있는 이상, 어차피 **보통 사람은 아니다**. (「라쇼몬」)(진한 색 - 인용자)

하인이 문 아래에서 생각했던 문 위는 죽은 사람만 존재하는 세계였다. 히라오카 토시오가 "사다리를 타고 올라감에 따라 미지의 이(異) 공간에 거는 하인의 기대는 기하급수적으로 높아가고, 비오는 밤에 라쇼몬이라는 공간은 당연히 문 위의 〈보통 사람은 아니다〉라는 존재에 의해 완성된다"[14]고 서술하듯이, 실제 하인이 죽은 사람만 있어야 할 문 위에서 살아 있는 '누군가'를 봤을 때, 그 '누군가'는 '보통 사람'이 아닌 불멸의 존재 - 말하자면 신(神)적 존재 - 라고 여기는 것은 당연하다. 그러므로 하인이 노파를 본 순간, "60퍼센트의 공포와 40퍼센트의 호기심에 못 이겨, 한 동안 숨쉬는 것마저 잊고 있었다. 옛 기록의 말을 빌리자면 '온 몸의 털도 살찐(온몸이 소름끼친)' 듯이 느꼈던 것이다"고 언급한 것은, 하인이 품고 있던 신적인 존재에 대한 공포나 호기심과 같은 경외심으로 보아야 한다. 그 예로 문 위에서 하인과 노파의 만남을 「선인」의 산신묘(山神廟)에서 이소이(李小二)와 노인의 만남과 비교해 본다면 쉽게 이해할 수 있다.

(산신묘 - 인용자) 내부는 생각한 것보다도 더 좁다. 정면에는 일존(一尊)의 금갑산신(金甲山神)이 거미줄에 갇힌 채 어렴풋하게 날이 저물기를 기다리고 있다. (중략) 이소이는 이 정도 간파하고는 시선을 사당 안쪽에서 바깥쪽으로 옮기려고 했다. 그러자 바로 그 순간 지전을 쌓아 놓은 속에서 사람이 하나 나타났다. (중략) 그에게는 마치 그것이 지전 속에서 홀연히 모습을 드러낸 것처럼 생각되었다. 그래서 그는 다소 흠칫해하면서 조심스럽게 보는 둥 마는 둥한 표정으로 물끄러미 그 사람을 살펴보았다. (중략) "천일(千鎰, 鎰은 돈을 세는 단위)이나 이

14) 平岡敏夫, 위의 책, pp.28 - 29.

천일로 족하다면 당장이라도 드리지요. **사실 난 보통 사람이 아니요.**"

(「선인」)(진한 색 - 인용자)

사실 작품 「라쇼몬」과 「선인」은 시간적, 공간적 배경 및 인물 구성에서도 서로 유사성[15]을 보이고 있다. 즉 하인이 사다리를 통해 성스러운 세계에 들어가듯이, 이소이 또한 계단이라는 통과의례를 통해 새로운 세계와 만나고 있는 것이다. 그리고 그 곳에서 노인을 만난 이소이의 '다소 흠칫해하면서 조심스럽게 보는 둥 마는 둥한' 표정은 마치 하인이 노파를 처음 봤을 때의 느낌인 공포와 호기심과 어느 정도 일치한다. 다만 노파와 달리 노인은 이소이를 보며 "사실 난 보통 사람이 아니요"라고 스스로 선인 = 신(神)임을 밝히고 있는데, 이 말은 결국 산신산이 일상세계가 아닌 다른 고차원, 성스러운 세계임을 알리고 있다. 나아가 노인의 행위 - "도사(道士)는 구부러진 허리를 고통스러운 듯이 펴고는 긁어모은 지전(紙錢)을 양손으로 바닥에서 건져 올렸다. 그리고 그것을 손바닥으로 비비더니 분주하게 발밑에 뿌리기 시작했다. (중략) 뿌려진 지전들이 손을 떠남과 동시에 곧 수많은 금전과 은전으로 바뀐 것이다" - 는 산신산이라는 공간에서만 가능한 초월적, 비일상적인 행위인 것이다.

15) 시미즈 야스츠구(清水康次)는 "「선인」은 「라쇼몬」을 준비하는 위치에 있었다고 생각할 수는 없는가"(清水康次, 『芥川文学の方法と世界』, 和泉書院, 1994, p.38)라고 문제를 제기하며, 두 작품의 관련성에 대해 연구하였다. 또한 오자와 지로(小沢次郎)는 "이 이소이가 작은 묘의 처마 밑에서 비 멎기를 기다리는 설정도 극히 「라쇼몬」과 유사하다. 더욱이 이 〈산신묘〉가 〈라쇼몬〉에 해당하며, 이 산신묘에 나타난 늙은 도사가 「라쇼몬」의 노파에 해당하는 것도 간단하게 추측할 수 있다"(小沢次郎, 「『羅生門』にみる〈超越者〉の問題性」, 『論樹』, 論樹の会, 1994, 9, p.414)고 언급하고 있다.

이처럼 이소이가 산신묘에서 만난 노인이 신적인 기적(奇蹟)을 행한 것처럼, 하인 또한 문 위에서 만난 노파가 일상적인 보통 사람이 아닌 초월적 존재라고 생각할 수 있으며, 이것은 곧 하인이 노파를 노인과 같이 비일상적, 기적을 행하는 사람(신적존재)으로 인식할 수 있다는 점을 유추하게 한다.

> 노파는 소나무 가지를 마룻바닥 틈새에 세워 놓고, 그리고 나서 한동안 바라보던 시체의 머리를 양손으로 들더니, 마치 어미 원숭이가 새끼 원숭이의 이를 잡듯, 긴 머리카락을 한 개씩 뽑기 시작했다. 머리카락은 손길이 가는대로 빠지는 것 같았다.
>
> 머리카락이 한 개씩 빠질 때마다 하인의 마음속에선 공포가 조금씩 사라져 갔다. 그리고 그와 동시에 이 노파에 대한 격렬한 증오가 조금씩 밀려 왔다. (중략) 이 비오는 밤에, 라쇼몬 위에서 죽은 사람의 머리카락을 뽑는다는 행위는 그것만으로도 이미 용서할 수 없는 악(惡)이었다.

사실 하인은 처음 노파를 본 순간 초월적 존재로 생각하여, 그녀에게 기적을 기대하였는지 모른다. 그러나 실재 문 위에서 노파가 한 행위는 죽은 사람에서 머리카락을 뽑는다고 하는 신적인 행위는커녕 오히려 문 아래의 일상적인 행위에 지나지 않았던 것이다. 나아가 노파의 대답은 지금까지 하인이 사다리를 올라오면서 가졌던 문 위의 성스러운 공간을 한 순간 세속적인 공간으로 전락시키고 만다. 그 결과 하인은 노파의 대답에 배신감을 느낀 나머지, 노파의 행위가 '이 비오는 밤'에 '문 위'에서 도저히 '용서할 수 없는 악(惡)'으로 규정하기에

이른다. 왜냐하면 처음 하인이 문 위에서 느낀 공포와 호기심은 서서히 실망과 증오 그리고 분노로 바뀌고 있기 때문이다. 고이즈미 고이치로(小泉浩一郎)가 "이상한 것을 기대하고, 초현실이나 비일상인 것을 갈망한 하인이 일상적인 것, 현실적인 것 - 〈추〉한 것에 모멸을 다짐하는 것은 틀림없는 일이다"[16]고 언급한 바와 같이, 산신묘처럼 선인의 기적을 바라고 있던 하인에게 있어서 노파의 일상적, 세속적인 행위는 단지 문 위의 공간이 문 아래의 연장선에 불과하였던 것이다.

> "이 머리카락을 뽑아서 말이야. 이 머리카락을 뽑아서 말이야. 가발을 만들려고 했지."
> 하인은 노파의 대답이 의외로 평범한 사실에 실망했다. 그리고 실망과 동시에 또다시 조금 전에 타올랐던 증오가 차가운 모멸감과 함께 마음속을 온통 채웠다.

나가누마 미츠히코(長沼光彦)는 "노파의 〈평범함〉은 라쇼몬이라고 하는, 이질적인 세계에서는 어울리지 않는다"[17]라고 서술하고 있는데, 노파의 행위가 평범하다는 사실은 결국 "보통 사람은 아니다"에서 "보통 사람이다"라는 인식의 전환, 그리고 문 위라고 하는 초월적 세계가 실은 단지 세속적인 세계였다는 사실을 의미한다. 하지만 이러한 노파의 행위는 단순히 문 아래의 세계로만 한정된 것이 아니다. 오히려 노파의 행위는 하인을 한층 더 세속적 세계보다도 못한 지옥세계로 떨어뜨리고 있는 것이다. 그것은 「두자춘」에서 주인공 두자

16) 小泉浩一郎, 「『羅生門』の空間」, 『日本文学』, 昧文浮協会, 1986, 1, p.33.
17) 長沼光彦, 위의 책, p.522.

춘과 노인 철관자(鐵冠子)[18]가 함께 간 아미산도 신성한 세계였던 것이, 한 순간 지옥세계로 바뀌고 있기 때문이다.

> 두자춘의 몸은 바위 위에 넘어져 있었으나 그의 혼은 조용히 몸에서 빠져나와 지옥으로 내려갔습니다. (중략) 누구나 잘 알듯이, 지옥에는 칼의 산이며 피의 바다뿐 아니라 초열지옥(焦熱地獄)이라는 화염의 골짜기며 극한지옥(極寒地獄)이라는 얼음 바다가 깜깜한 하늘 아래 늘어서 있습니다. (「두자춘」)

두자춘이 노인의 말을 따라 간 아미산은 세속적인 세계와는 달리 초월적이고 비일상적인 세계이다. 그리고 노인은 두자춘에게 이 아미산에서 시련의 과정을 거쳐야 선인이 될 수 있다고 말한다. 하지만 선인이 되기 위한 시련 과정에서 그는 노인이 말한 바를 어기게 되고, 결국 신성한 아미산에서 일상세계보다 못한 지옥으로 떨어지고 말았다. 그러한 의미에서 본다면 하인이 문 위가 일상세계보다 못한 지옥으로 추락했다는 사실을 깨달았을 때, 그가 할 수 있는 행위 또한 마땅히 악의 행위, 말하자면 노파의 옷을 빼앗는 행위밖에 없었다고 해야 할 것이다.

---

18) 모리 마사토(森正人)는 "선인은 주인공을 새로운 세계로 인도하는 점에서 구성상 〈라쇼몬〉의 노파와 대응하고 있는 점은 명백하다"고 서술하고 있다. 志村有弘 編, 森正人, 「『羅生門』と『杜子春』」, 『芥川龍之介「羅生門」作品叢集成Ⅱ』, 大空社, 1995, p.96.

3. 사다리의 상향적 성격에 나타난 이율배반성

사다리를 타고 위로 향하는 상징성은 노파의 행위와 말로 말미암아 아래로 추락하는 상징성으로 바뀌면서, 문 위의 성스러운 공간마저 문 아래의 세속적인 공간보다도 못한 공간으로 바뀌고 만다. 그러므로 현재 하인이 있는 문 위 세계는 결과적으로 일상세계보다도 더 낮은 지옥세계라고 말하지 않으면 안된다.

"하기야 죽은 사람의 머리카락을 뽑는 건 필시 나쁜 짓 일게야. 하지만 여기에 있는 죽은 사람 모두 이 정도의 일을 당해도 싼 인간들뿐이야. 지금 내가 머리카락을 뽑은 여자는 말이야. 뱀을 네 치씩 잘라 말린 걸 건어포라고 속여 호위무사들 초소로 팔러 다녔어. 만일 역병에 걸려 죽지 않았다면 지금도 팔러 다녔을 거야. (중략) 그러니까 지금 내가 한 일도 나쁜 짓이라고는 생각하지 않아. 역시 이렇게라도 하지 않으면 굶어 죽을 테니 어쩔 수 없이 한 짓이니까. 그러니 이런 어쩔 수 없는 짓을 잘 아는 이 여자는, 아마 내가 한 일도 너그러이 봐 줄 거야."

고이즈미 고이치로는 "노파의 이러한 발언에 의해 비일상, 초현실 차원에서 일상, 현실 차원으로 노파의 이미지 전락이 완성되었다"[19] 고 언급하고 있는데, 이것은 살기 위해서 죽은 사람의 머리카락을 뽑아야 한다는 노파의 말은 지금까지 하인이 생각하고 있던 문 위 세계가 문 아래 아니면 그 보다 아래인 하위 개념의 세계로 재인식된 것을 의미하기도 한다.

---

19) 小泉浩一郎, 위의 책, p.34.

여기서 만일 하인이 사다리를 타고 올라가는 도중, 문 위가 성스러운 세계가 아닌 지옥세계라는 사실을 깨달았다면 과연 올라갔을까 하는 의문의 여지가 남는다. 이와 관련해서 「거미줄」에서는 지옥에 있던 주인공 간다타(犍陀多)가 극락으로 연결된 거미줄을 발견하고 올라가는 모습이 그려져 있다. 작품 내용을 간략히 살펴보면, 간다타는 생전에 사람을 죽이거나, 방화하는 등 여러 가지 악한 일을 저지르고 지옥에 떨어지게 되었다. 하지만 그에게도 선한 일을 한 적이 있었는데, 그것은 숲 속에서 거미 한 마리를 발견하고 죽이지 않고 살려 주었던 일이다. 극락세계에 있던 부처님은 이 일을 떠올리고, 지옥에 있는 간다타를 구원하기 위해 한 가닥 거미줄을 지옥에 내려 보낸다. 그리고 간다타는 그 거미줄을 타고 위로 오르기 시작한다.

> 아마도 지옥에서 빠져나갈 것이 틀림없습니다. 아니, 잘만 올라간다면, 극락에 들어가는 것조차 가능하겠지요. (중략) 재빨리 거미줄을 양손으로 꼭 잡으면서, 열심히 위로, 위로 올라가기 시작했습니다. (중략) "거기 죄인들아. 이 거미줄은 내 것이다. 너희들은 도대체 누구의 허락을 받아 올라오는가. 내려가라. 내려가라"하고 소리쳤습니다. 그 순간이었습니다. 지금까지 아무 일 없었던 거미줄이 갑자기 간다타가 매달려 있는 곳에서 툭 하는 소리를 내며 끊어졌습니다.
>
> (「거미줄」)

작품 「거미줄」에서 나타난 극락과 지옥은 「라쇼몬」에서의 문 위와 문 아래와 같은 상하 구조를 갖추고 있다. 그리고 하인이 통과의례로써 사다리를 타고 문 위로 올라가는 모습과 간다타가 거미줄을 타고 극락으로 올라가는 모습은 서로 이(異)공간으로 간다는 유사성을 띄고 있다. 그런데 여기서 간다타는 극락을 향해 올라가던 도중 거미줄이 끊어지고 만다. 사카이 히데유키(酒井英行)는 "현상학적으로 보면, 부처님 생각과 간다타의 이기적 마음에 의해 거미줄이 끊어진 것이다. 그러나 전술했던 것처럼 작가가 설정한 작품 세계 구조 그 자체가 간다타에게 〈내려가라. 내려가라〉라고 외치게 하였다. 〈무자애〉한 것은 오히려 작가일 것이다. (중략) 간다타에게 〈내려가라. 내려가라〉라고 외치게 한 작가, 그와 같이 외친 간다타를 〈비열하게〉 생각한 작가가 거미줄을 끊은 것이다"[20]라고 말하며, 거미줄을 끊은 것은 작가, 즉 내레이션이라고 주장하고 있다. 다시 말해 거미줄이 끊어진 것은 간다타의 이기적 욕망이라는 관점도 있지만, 한편으로 작가의 창작 의도에 따른 설정이라고 주장하는 면에서 주목할 만하다. 그런데 또 다른 의미에서 간다타가 거미줄을 타고 점차 극락에 다가감에 따라, 처음 지옥에 있었을 때 자신이 상상했던 극락이 실제 극락세계가 아니였다면 어떻게 하였을까하는 가정도 유추해 볼 수 있다. 즉 간다타가 극락에 거의 다다른 순간, 지금까지 자신이 생각했던 극락이 좀 전에 자신이 있던 지옥, 혹은 지옥보다 못한 세계였다면, 그래서 자신 말고도 뒤따라 올라오는 죄인들에게 "내려가라. 내려가라"라고 외침과 함께 자신이 타고 올라갔던 거미줄도 자르지 않았을까 하는 문제 제기도 가능하다는 것이다. 그렇다면 하인 또한 사다리를 타고 올라

---

20) 酒井英行,『芥川龍之介 作品の迷路』, 有精堂, 1993, pp.114-115. 그리고 시다 노보루(志田昇)는 "내레이션은 표면적으로 일부러 칸다타가 무자애하다고 말하는 한편, 그 이면의 의미에서는 부처님이 무자애하다고 느끼도록 쓰여져 있다"(関口安義 編, 志田昇,『蜘蛛の糸 兒童文学の世界』, 翰林書房, 1999, p.63)고 지적하고 있다.

간 문 위가 일상세계보다도 못한 지옥세계라는 사실을 알았다면, 아마도 간다타처럼 문 위에 올라가지 않고 다시 문 아래로 내려왔을지 모르는 일이다.

> "그럼 내가 날강도 짓을 한다 해도 원망하지 마라. 나도 그렇게 하지 않으면 굶어 죽을 판이니까."
> 하인은 재빨리 노파의 옷을 벗겼다. (중략) 사다리 입구까지는 불과 다섯 걸음을 셀 정도다. 하인은 빼앗아 든 노송나무 껍질의 붉은 빛 거무칙칙한 옷을 겨드랑이에 끼고, 눈 깜짝할 사이에 가파르게 세워진 사다리를 타고 어둠 속으로 뛰어 내려갔다. (중략) 그리고 거기서(노파는-인용자) 짧은 백발을 늘어뜨리며 문 아래를 살펴보았다. 밖에는 다만, 칠흑같이 어두운 밤만 있을 뿐이다.
> 하인의 행방은 아무도 모른다.

하인은 노파의 행위와 말에 문 위가 지옥적인 공간 - 악(惡)의 논리가 지배하는 세계 - 이라는 사실을 깨달았을 때, 그가 문 위에서 할 수 있었던 것은 노파에게 기적을 바라기보다는 오히려 그러한 악의 세계에서 자신의 행위 또한 노파의 옷을 빼앗는다고 하는 세속적 악의 행위만 남아 있을 뿐이다. 그리고 하인은 노파의 옷을 빼앗은 후, 다시 사다리를 타고 내려가고 있는데, 이것을 노파의 시점인 "짧은 백발을 늘어뜨리며 문 아래를 살펴보았다"에서 바라본다면 내려가기보다는 오히려 올라간다고 볼 수 있다. 마스키 히데키(真杉秀樹)가 "노파의 이론을 고차원 레벨에서 찬탈한 하인이 또다시 향한 곳이 같은 의미에서의 〈내부(여기에서는 도성 안)〉라고는 결코 생각할 수 없"으며,

"노파는 〈칠흑같이 어두운 밤〉을 거꾸로 내려다 본 것에 의해 전도된 새로운 〈세계〉의 양상을 바라보기 시작하였다"[21] 고 언급한 것에서도 알 수 있듯이, 하인이 내려간 세계, 이른바 문 아래는 그가 문 위로 올라왔을 때의 문 아래가 아니다. 그것은 또다시 사다리라고 하는 통과의례 과정을 통해 이르는 새로운 문 아래인 것이다. 즉 "눈 깜짝할 사이에 가파르게 세워진 사다리를 타고 어둠 속으로 뛰어 내려"간 하인의 모습에는 이제껏 그가 문 위로 올라왔을 때의 양상 - 통과의례 - 이 순환적으로 반복되고 있다. 이는 하인에게 있어 현재 문 위는 일상적, 세속적 공간으로, 그리고 앞으로 내려갈 문 아래는 비일상적, 초월적 세계, 아니면 지금보다 더더욱 낮은 지옥세계로 또다시 바뀔 것을 말하는 것이다.

엘리아데가 "의례는 모두가 지금 이 순간에 일어난다는 특질을 가지고 있다. 그 의례에 의해 사건이 기념되고, 반복되는 시간은 현재화되어 설령 그 시간이 얼마나 먼 과거라 생각되더라도 그것은 소위 재생에 의해 현재화(re - presente)가 되는 것이다"[22] 고 말한 것처럼, 이는 사다리를 통한 반복된 하인의 공간 이동이 문 아래→ (사다리) → 문 위 → (사다리) → 문 아래 → ……라는 반복된 행위에 통해, 단순한 과거로서 머문 것이 아니라 현재와 미래까지 반복해 나가고 있으며, 이러한 하인의 시간과 공간의 반복성은 그 지속적 성격에 따라 고정성, 현재성, 실재성이 되면서 과거에 행하여졌던 행위나 사건이 현

---

21) 真杉秀樹, 위의 책, p.434, p.439. 또한 에비이 에이지(海老井英次)는 "어둠 속에 모습이 사라졌다 하더라도, 단순히 순환적 처음 세계에 돌아간 것이 아닌, 그곳에 하나의 〈각성〉이 이미 있었다"(海老井英次, 『芥川龍之介論攷』, 桜楓社, 1988, p.89)고 서술하고 있다.

22) エリアーデ, 위의 책, pp.94 - 97.

재 재생, 기념, 반복되고 있다. 그러므로 마지막 문장인 "하인의 행방은 아무도 모른다"이란 탈공간성이야말로 반복과 전승을 통해, 주인공 하인이 과거에 머무는 것이 아닌, 현재와 미래에 재탄생되면서 질서를 형성한다는 신화적 특징을 갖게 되는 것이다.

이상으로 「라쇼몬」에 나타난 문 아래와 문 위라는 수직적 공간 구조, 그리고 그 공간을 서로 연결하는 사다리의 상징성을 다른 작품들과 비교하며 고찰해 보았다. 엘리아데가 언급한 바 대로, 사다리는 통과의례이자, 시련의 과정이기도 하다. 그리고 이러한 사다리의 상징성은 아쿠타가와의 다른 작품에서도 여러 형태로 등장하면서, 각 주인공들은 비일상적, 초월적 공간에서 보통 사람이 아닌 신(神)적인 존재를 만나 기적이 행해지길 바라고 있다. 하지만 그들이 꿈꾸던 세계는 결국 일상적, 세속적 세계 혹은 그보다 못한 지옥세계로 변하는 순간, 또다시 싫든 좋든 공간이동을 하지 않으면 안되는데, 왜냐하면 그것이 바로 그들의 숙명이기 때문이다. 이처럼 사다리의 이율배반적 상징성은 계속 사다리를 타고 올라갈 수밖에 없다는 반복성을 가지면서, 궁극적으로 주인공들을 신화적 영웅으로 재탄생시키고 있다고 하겠다.

그러한 의미에서 작품 「라쇼몬」 또한 어쩌면 이전부터 시간과 공간이라는 통과의례를 거치면서 반복, 순환해 왔으며, 앞으로도 아쿠타가와의 다른 작품과 더불어 재생과 전승해 과거에서 현재, 현재에서 미래로 계속 이어지는 신화적 성격을 가진다고 말할 수 있을 것이다.

유전학적 관점

제3장

「라쇼몬」에 나타난 하인과 도둑의 상관관계

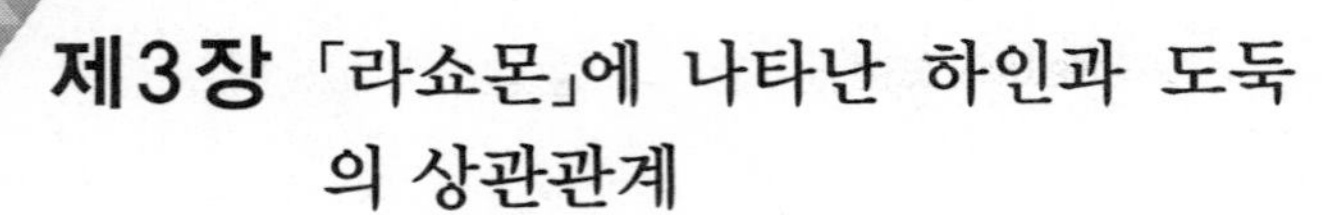

제3장 「라쇼몬」에 나타난 하인과 도둑의 상관관계

–'생래성범죄자설'에서 본 하인의 외형적, 신체적 특징–

아쿠타가와의 「라쇼몬」과 관련된 연구[1]는 지금까지 무수히 많으며, 현재도 계속 이어져 오고 있다. 특히 하인의 행위[2]에 관련해서 이제까지 선행연구를 살펴보면 '독선적 에고이즘'(吉村稠, 『아쿠타가와 문예 세계(芥川文芸の世界)』, 明治書院, 1977), '생의 섭리'(勝倉壽一, 『아쿠타가와 류노스케의 역사소설(芥川龍之介の歴史小説)』,教育出版センター, 1983), '반역의 논리획득'(關口安義, 『아쿠타가와 류노스케(芥川龍之介)』, 岩波新書, 2000) 등과 같이 선악(善悪) 혹은 삶과 죽음의 논리를 중심으로 이루어져 왔다. 그런데 하야세 테루오(早瀨輝男)의 경우, 하인의 행위가 아닌 하인의 모습에 주목하여 "주인공 하인을 통해서, 너무나도 경솔하게 일반적인 인간을 보려고 하

---

1) 예를 들어 1915년에서 1995년 사이에 「라쇼몬」에 관련된 논문을 수록한 志村有弘 編, 『芥川龍之介 「羅生門」作品論集成 I , II 』, 大空社, 1995에는 약 60편 이상 「라쇼몬」에 관한 작품론이 수록되어 있다.

2) 여기서 하인의 행위란 구체적으로 그가 라쇼몬 위에 올라가 죽은 여자의 머리카락을 뜯고 있는 노파의 이야기를 듣고, 그녀의 옷을 훔치고 달아나는 것을 말한다.

지 않는가 하는 점입니다. (중략) 하인의 인물상이 특이한 것이라는 점은 물론이고, 이야기의 전개에서도 그것과 밀접하게 영향을 미치고 있습니다"[3]라고 언급하고 있다. 물론 하인의 인물상을 작품 주제와 관련지어 언급하고 있지만, 한편으로 이러한 하인의 모습 - 외형적, 신체적 특징 - 에 초점을 맞추어 분석해 나간다면 작품의 공간적 의미는 물론이고 서사 구조 또한 새롭게 재구축될 것으로 본다.

그러한 의미에서 작품에 나타난 하인의 외형적, 신체적 특징을 롬브로조(Lombreso)[4]의 '생래성범죄자설(生來性犯罪者說)'과 비교, 분석하면서 하인의 행위, 즉 도둑이 되는 과정(혹은 범죄를 저지르는)을 고찰해 보고자 한다. 물론 그러기 위해서는 아쿠타가와와 롬브로조와의 관계를 살펴보는 것이 선행되어야 할 것이다. 그리고 나서 구체적으로 하인의 외형적, 신체적 특징이 과연 하인의 행위인 범죄와의 필연적(아니면 숙명적인 결과)인지 아닌지, 그 관련성을 규명해 보고자 한다.

---

3) 志村有弘 編, 早瀬輝男, 「『羅生門』ー下人の人物像と主題」, 『芥川龍之介「羅生門」作品叢集成Ⅱ』, 大空社, 1995, p.459.

4) 체자레 롬브로조(Cesare Lombreso, 1836 - 1909) 이탈리아 정신의학자, 법의학자, 범죄인류학의 창시자. 베로나 출생. 대학에서 정신의학과 법의학 강의, 1905년에는 범죄인류학 강좌를 신설하는 등 범죄의 인류학적 연구 몰두하였다. 그는 범죄자의 두개골을 연구하여 범죄인의 인류학적 특징을 밝혀내고, 이러한 특징을 지닌 사람은 선천적으로 범죄인이 될 수밖에 없다고 하였다. 그리고 범죄인은 그 범죄적 소질로 말미암아 필연적으로 죄를 범하게 된다고 말했다. 또한 천재와 정신병자의 유사점을 논한 천재론으로도 유명하다.
『두산세계대백과 사전 9』, 주식회사 두산동아, 1996, p.264 참조.

1. 아쿠타가와와 롬브로조

1927년 5월, 아쿠타가와는 니이가타(新潟) 고등학교에서 강연한 후, 강연 참석자들과 함께 롬브로조와 관련해서 다음과 같이 언급하고 있다.

> 아쿠타가와: 니체도 정신병이었군요.
>
> 시키바: 예. 천재에게는 꽤 많이 있습니다.
>
> 아쿠타가와: 그러면 정신병을 예방하기는커녕 많이 양성해야겠군요. 사이토군도 저는 정신분열증 환자가 될 거 같다고 말하였습니다. **롬브로조 학설**은 이상하군요. (중략)
>
> 시키바: 저는 착각에 관해 한 부분을 조사하였습니다만, 어린아이가 가장 적고, 다음은 보통 성인이고, 정신병자가 가장 많았습니다. 머리가 좋은 사람이나 상상력이 풍부한 사람일수록 많다고 말하는 사람이 있습니다.
>
> 아쿠타가와: 그렇습니까? 정신병자가 가장 진화된 인간이라고 말해도 괜찮군요. (모두 잠시 침묵)[5] (진한 색 - 인용자)

아쿠타가와는 이 자리에서 자신의 불면증이나 신경쇠약을 천재의 증거로서 롬브로조의 학설[6]을 부정하고 있다. 그러나 같은 해 7월 자

---

5) 葛卷義敏, 『芥川龍之介未定稿集』, 岩波書店, 1968, pp.428 - 432.

6) 롬브로조가 주장하고 있는 '생래성범죄자설'은 3가지 가설로 이루어져 있다. (a) 범죄자는 태어날 때부터 범죄를 저지르도록 운명되어졌고 인류학상의 돌연변이(범죄인류)이다. (b) 범죄자라는 신체적 혹은 정신적 특징을 갖고 있어 이것으로 일반인과 식별할 수 있다. (c) 범죄자는 야만인으로 되돌아간다. 혹은 퇴화된 자이다. (중략) 이러한 범죄자의 신체적 특징을 들면서 롬브로조는 오랜 기간의 동물

살로 생을 마감한 아쿠타가와는 평생 동안 그의 생모인 후쿠(フク)의 광기에 의한 죽음이 자신에게도 유전될 것을 두려워하였던 점[7]을 생각해 볼 때, 이러한 롬브로조의 학설에 대한 부정이야말로 오히려 강한 긍정이라고 보아야 할 것이다.

사실 아쿠타가와가 살던 당시 19세기 말 영국에서는 찰스 다윈의 『종의 기원』(1859)이 간행된 이래 변이(変移), 적자생존, 생존투쟁과 같은 여러 개념이 자연과학의 이론 분야를 넘어 모든 학문 영역에 영향을 미쳤고 일본에도 유입[8]되었다. 그 중 하나가 다윈의 진화론에 나타난 적자생존 원리를 인간 사회에 적용한 사회진화론[9]이 있다. 이것은 생물의 진화론이 단순히 자연뿐만이 아니라 인간 사회 또한 유전을 통한 인간이라는 종이 진화 혹은 퇴화한다고 보았는데, 특히 여기서 인종 퇴화란 진화론적 부적자(예를 들면 동일인종 사회 안에서 부적자에 해당하는 부류에는 광인, 정신박약자, 범죄자, 결핵 환자, 동성애자, 매춘부 등이 이에 속한다)를 가리키는 말로, 롬브로조는 이러한 인종 퇴화와 관련해서 격세유전(隔世遺伝: 한 생물의 계통에서 우

연구 성과를 덧붙여 원숭이, 다람쥐, 쥐, 뱀 등의 동물의 형상적 특징을 상기시켰다. 또 범죄자의 정신적 특징으로서 ① 도덕감각 결여 ② 잔인성 ③ 충동성 ④ 태만 ⑤ 낮은 지능 ⑥ 고통의 둔감 등을 지적하였다.

김상균, 『범죄학개론』, 청목출판사, 2010, pp.44 - 45.

7) 이 점에 관련해서는 졸저 『神이 되고자 했던 아쿠타가와 류노스케』, 지식과 교양, 2011, p.38. 참조.

8) 사회진화설과 일본유입에 관련해서 『나는 소세키로소이다』(고모리 요이치, 한일문학연구회, 이매진, 2006) 참고.

9) 사회진화설과 관련해서 당시 영국에서는 허버트 스펜서(Hebert Spencer, 1820 - 1903)는 진화 원리에 따라 조직적으로 서술한 『종합철학체계』나 벤자민 키드(Benjamin Kidd, 1858 - 1916)가 인간의 사회를 진화론적으로 파악하여 그 발전과 퇴폐의 요인을 언급한 『사회의 진화』, 그리고 막스 노르다우(Max Simon Nordau, 1849 - 1923)가 진화론에 관점에서 퇴화를 논한 『퇴화론』 등이 있다.

연 또는 교잡 후에 선조와 같은 형질이 나타나는 현상)을 주장하면서, 범죄자를 포함한 부적자들은 원시인이나 미개인의 소질, 더 나아가 하등동물의 성질까지 현대에 재생한다고 말하며, 인간의 범죄는 유전되어 외형적, 신체적으로 확인 가능하다고 언급하였다. 구체적으로 이러한 생래적 범죄자는 사회시민으로 생활에 잘 적응하지 못하며, 적절히 예방하지 않는다면 불가피하게 사회규범과 법을 위반하게 된다. 또한 생래적 범죄자의 외형적, 신체적 특징으로는 원시인의 체격, 정신능력, 본능을 지니고 있으며, 눈에 보이는 어떤 표시, 예를 들면 얼굴이나 머리의 비대칭, 원숭이 같은 큰 귀, 두꺼운 입술, 들어간 턱, 뒤틀린 코, 튀어나온 광대뼈, 긴팔, 많은 주름살, 정상보다 많은 수의 손가락이나 발가락 등에 의하여 파악[10]된다고 말한다. 하지만 현대에 와서는 부정[11]되고 있는 롬브로조의 '생래성범죄자설'은 당시 일본 메이지(明治) 시대부터 다이쇼(大正) 시대에 있어서는 확고한 학설로 받아들여지고 있었다.

그 예로 아쿠타가와의 초기 문학 작품에 등장하는 주인공들의 모습

10) 예를 들어 롬브로조는 "56개의 두개골을 조사하면서 나는 13개가 특히 심각한 비정상성, 즉 두개골 밑바닥에 후두부 중앙 함몰 형태가 있는 것을 발견했다. (중략) 이러한 뇌는 고등 영장류가 아니라 하등 설치류나 여우원숭이, 아니면 서너 달 된 영아의 뇌임을 암시해 준다. (중략) 범죄자의 두개골이 유색인종이나 열등인종의 두개골 특징을 가지고 있다는 점만은 지적하지 않을 수 없다"고 서술하고 있다. 체자레 롬브로조, 이경재 옮김, 『범죄인의 탄생』, 법문사, 2010, pp.70 - 71.

11) 롬브로조의 등의 범죄인류학은 지지자를 증가시키는 한편 혹독한 비판대상도 되었지만, 이 후 롬브로조, 페리 및 가로팔로의 범죄인류학은 20세기에 들어와 독일, 미국을 중심으로 범죄생물학으로 한층 발전했다. 범죄생물학이란 범죄자는 생물학적으로 결정되어 있다는 전제하에 범죄행동의 요인과 메커니즘을 유전학, 체형학 및 생리학의 지식을 응용해 가면서 설명하는 학문이다.
김상균, 위의 책, p.58.

에 나타난 특징을 살펴보면 나이구(內供, 「코(鼻)」)의 그로테스크한 긴 코[12]나 고이(五位, 「마 죽(芋粥)」)의 열등한 신체[13], 혹은 헤이키치(平吉, 「광대탈(ひよつとこ)」)의 술버릇[14]은 롬브로조의 '생래성범죄자설'과 유사한 신체적 특징을 가진 진화론적 부적자라는 사실을 알 수 있다. 물론 이것은 아쿠타가와가 자신의 예술적 이상을 실현하기 위해 의도적으로 주인공을 그렇게 설정한 것도 있겠지만, 한편으로는 주인공들을 이러한 생래적 범죄자의 외형적, 신체적 특징을 갖게 함으로써, 그 결과 그들의 운명 또한 자연스럽게 비극적 서사 구조로 맺게 하거나 아니면 반전의 효과를 노리는 장치로서 이용하였다고도 유추해 볼 수 있다.

이와 같이 아쿠타가와는 당시 시대적 배경에 따른 롬브로조의 '생래성범죄자설'을 직, 간접적으로 접하였으며, 나아가 이것은 자신의 운명뿐만 아니라 자신의 문학 창작에 있어서도 적지 않은 영향을 주

12) "젠치 나이구의 코로 말할 것 같으면 이케노오(池の尾)에서 모르는 사람이 없다. 길이는 대여섯 치로 윗입술 위에서부터 턱까지 늘어져 있으며, 모양은 처음도 끝도 똑같이 굵직하다. 말하자면 가늘고 긴 순대 같은 물건이 얼굴 한복판에 대롱대롱 매달려있는 꼴이다." (「코」)

13) "고이는 풍채가 아주 볼 품 없는 남자였다. 무엇보다도 키가 작다. 그리고 빨간 딸기코에다 눈꼬리가 쳐져 있다. 콧수염은 물론 옅다. 볼에 살이 없어 하관이 빠져 뾰족하게 보인다. 입술은 - 하나하나 세고 있자면 한이 없다. 고이의 외모는 그 만큼 특이하고 볼품없게 생겨 먹었다." (「마 죽」)

14) "헤이키치는 둥근 얼굴에다 머리가 약간 벗겨졌으며 눈꼬리에 주름이 져 있다. 어딘지 익살스러운 면이 있는 사내로서 누구에게나 겸손했다. 도락은 술을 마시는 일이고 술은 다 좋아한다. 다만 취하면 반드시 바보춤을 추는 버릇이 있다." (「광대탈」). 이 외에도 「기독교 신자의 죽음(奉教人の死)」(1918), 「스님과 지장(尼と地藏)」(1918, 미정고), 「그리스도호로 대사이야기(きりしとほろ上人傳」(1919), 「줄리아노 키치스케(じゆりあの・吉助)」(1919), 「남경의 그리스도(南京の基督)」(1919), 「왕생그림책(往生繪卷)」(1921), 「선인(仙人)」(1922)에서도 바보스러운 주인공의 모습을 찾아볼 수 있다.

었다고 본다. 그리고 그러한 영향 관계는 「라쇼몬」에 나타난 하인과 노파의 외형적, 신체적 특징을 통해서 구체화시키고 있다.

2. 여드름(혹은 다른 어떤 것) 하인과 원숭이 노파

「라쇼몬」에 등장하는 인물에는 하인과 노파가 있다. 사실 하인의 외형적, 신체적 특징은 작품 전체를 살펴봐도 그다지 묘사되어 있지 않다. 그나마 주목해야 할 점이 있다면 그것은 바로 하인의 오른쪽 뺨에 난 빨갛게 고름이 든 '여드름'이다.

> 하인은 일곱 단으로 된 돌계단 맨 윗단에, 색이 바래고 너덜너덜한 감색 겹옷 차림으로 걸터앉아 오른쪽 뺨에 생긴 **커다란 여드름**을 신경 쓰며, 멍하니 비가 내리는 것을 바라보고 있었다.
>
> (진한 색 - 인용자)

이제까지 하인의 여드름과 관련해서는 그다지 연구가 진행되어 있지 않다. 다만 가츠쿠라 도시카즈(勝倉壽一)는 '정력적인 젊은이의 이미지'[15]를 암시한다고 말하고 있지만, 과연 여드름이 젊음을 상징하는가에 대해서는 의문의 여지가 많다. 왜냐하면 첫 번째로 단순히 젊음만을 상징한다는 여드름이 굳이 작품 전체에 걸쳐 네 번이나 나타날 필요가 있었겠는가 하는 점이고, 두 번째는 과연 하인의 얼굴에

15) 勝倉壽一, 『芥川龍之介の歷史小說』, 興英文化社, 1983, p.30.

난 것이 여드름인가 하는 점이 명확하지 않기 때문이다. 사실 「라쇼몬」은 1인칭 관찰자 시점으로, 작품 속 '작가'가 자신의 눈에 비친 '하인'을 관찰하면서 이야기가 전개되고 있다. 다시 말해서 시점상, 작가의 눈에 비친 하인의 모습은 단지 작가의 주관적 묘사라고 말할 수 있으며, 이로 인해 하인의 내면은 물론 그의 외형적 모습을 정확하게 묘사할 수 없다. 그러한 의미에서 작가 자신 또한 하인의 얼굴에 난 것이 정말로 여드름인지 아니면 그 외 다른 어떤 것이 난건지 잘 알지 못한다는 표현이 오히려 타당할지 모른다.

그렇다면 하인의 얼굴에 생긴 것은 무엇인가? 이에 관련해 롬브로조는 질병과 격세유전이 범죄의 주된 두 가지 원인이라 주장하면서, 다음과 같이 언급하는데 주목할 필요가 있다.

> 나는 생래적 범죄인의 기괴함을 격세유전과 질병을 결합하여 설명했다. 질병은 생래적 범죄인이 가지고 있는 많은 비정상성을 말해준다. 예컨대, 비대칭적 두개골, 뇌경화증, 뇌막 협착증, 뇌 연화 및 경화증, 연약한 심장판막, 간암 및 간결핵, 위암, 신경세포의 이상증식, **분류** 등이다.[16] (진한 색 - 인용자)

물론 여드름과 분류[17](혹은 나병과 같은 다른 이름의 종양)는 외형상으로 구분하기 어려우며, 만일 하인의 오른쪽 뺨에 생긴 것이 여드

16) 체자레 롬브로조, 이경재 옮김, 위의 책, p.254.

17) 분류(粉瘤, 아테롬 atheroma) 피부에 생기는 일종의 종양으로, 죽종(粥腫)이라고도 한다.
네이버 백과사전 http://terms.naver.com/entry.nhn?docId=1104588&cid=40942&categoryId=32774 참조.

름이 아니라 분류라고 한다면, 그리고 질병에 의해 분류가 하인의 얼굴에 생긴 것이라면 하인은 롬브로조가 언급한 생래적 범죄인으로 생각해 볼 여지가 있다. 특히 하인이 라쇼몬 문 위로 올라가는 모습에서는 이러한 생래적 범죄인들이 가지는 외형적, 신체적 특징인 야만적이거나 동물적 행동이 두드러지게 나타나 있다.

> 라쇼몬 누각 위로 올라가는, 폭 넓은 사다리 중간쯤에 한 사내가 **고양이**처럼 몸을 움츠리더니 숨죽이며 위의 상황을 엿보고 있었다. 누각 위에서 내비치는 불빛이 희미하게 그 사내의 오른쪽 뺨을 타고 흘러내렸다. 짧은 수염 사이로 빨갛게 고름이 찬 여드름이 난 뺨이다. (중략) 하인은 **도마뱀붙이**처럼 발소리를 죽이며 가파른 사다리를 맨 윗단까지 기듯이 겨우 올라갔다. 그리고는 **몸을 될 수 있는 대로 바닥에 달라붙듯 납작히** 하고, **목은 가능한 앞으로 내밀어** 조심조심 누각 안을 들여다보았다. (진한 색 - 인용자)

하인이 사다리를 타고 문 위로 올라가는 모습, 예를 들어 '고양이'나 '도마뱀붙이', '바닥에 달라붙듯 납작히', '목을 가능한 앞으로 내민' 모습은 흡사 동물의 행동과 비슷하다. 이러한 하인의 행동과 관련해서 요시다 토시히코(吉田俊彦)는 "의도적으로 통일된 동물적 이미지 형상의 배후에는 사회적인 규범이나 일상적인 생활습관 혹은 합리적인 사고 판단을 넘어선 원초적 인간 생명의 본 모습"[18]이라고 서술하고 있으나, 하인의 '동물적 이미지'는 하인이 선천적으로 가지고 태어난 외형적, 신체적 특징, 혹은 선천적 정신 질환에 기인한 것으로

18) 吉田俊彦, 『芥川龍之介－「偸盜」への道－』, 桜楓社, 1987, p.41.

볼 수가 있다. 이처럼 하인의 여드름 - 여드름일 수도 있지만 그와 유사한 분류로 명명해도 의미의 차이가 없는 - 과 동물적 행동은 그가 생래적 범죄자형 외형적, 신체적 특징을 가지고 있다고 볼 수 있으며, 한편으로 이것은 그의 행동에 있어서도 범죄를 행할 가능성이 높다는 것을 시사해 주고 있다.

그렇게 본다면 작품 도입부분에서 작품 화자는 하인이 4, 5일 전 주인집에서 해고된 이유를 교토의 지진이나 화재, 기근과 같은 재앙으로 인한 피폐 때문이라고 서술하였다. 하지만 이것 또한 정말로 화자가 말한 대로 교토의 황폐에 따라 해고된 것인지, 아니면 하인의 질병 - 여기서는 비록 여드름으로 묘사되고 있지만 - 이나 그의 선천적인 동물적 행동에 의해 쫓겨난 것인지(혹은 격리된 것인지)는 재고의 여지가 있다고 본다. 한편, 노파의 경우는 하인보다 확연히 동물에 가까운 특징을 가지고 있다. 그 예로 노파가 누각 위에서 죽은 여자의 시체에서 머리카락을 뽑고 있는 행위를 다음과 같이 묘사하고 있다.

> 시체의 머리를 양손으로 들더니, 마치 **어미 원숭이**가 새끼 원숭이의 이를 잡듯, 긴 머리카락을 한 개씩 뽑기 시작했다. 머리카락은 손길이 가는대로 빠지는 것 같았다. (진한 색 - 인용자)

"노송나무 껍질의 붉은 빛 거무칙칙한 옷을 입은, 키 작고 야윈 백발의 원숭이처럼 생긴" 노파의 모습은 이 이외에도 '닭다리처럼 뼈와 가죽뿐인 팔'이나 '육식조(肉食鳥)와 같은 날카로운 눈', '주름살로 인해 거의 코와 맞붙어 하나가 된 입술', '가느다란 목에서 튀어나온 결후(結喉)', '까마귀가 우는 듯한 목소리'에서 묘사된 바와 같이, 말 그

대로 '보통 사람'이 아니다. 다시 말해 노파의 원숭이같은 행위는 롬브로조가 말한 유전 또는 진화론의 사상을 근거로 본다면 범죄자가 될 사람은 처음부터 결정되어 있으며, 그 증거는 '조상회귀'의 특징으로 신체에 나타난다. 즉 여기서 '조상회귀'의 특징이란 침팬지 등 유인원의 특징을 말하며, 그 예로 턱이 크고 머리의 크기에 비해 얼굴이 눈에 띄며, 팔이 길고, 어려서도 이마에 주름이 많다든가, 통증에 둔감하다[19]든가 하는 것이다. 이러한 원숭이[20]로 대표되는 노파의 이미지는 「지옥변(地獄変)」(1918)의 주인공 요시히데(良秀)와 비교해 보면 더욱 뚜렷하게 알 수 있다.

> 보기에는 그저 **작은 키에 뼈만 앙상한 성질 사나워 보이는 노인**이었습니다. (중략) 성품이 극히 비열한데다 왠지 나이에 어울리지 않게 **입술이 유난히 붉은 것**도 더할 나위 없이 비위에 거슬리는 **너무나 동물적인 느낌이 들게 하는 자**였습니다. (중략) 그보다는 특히 입이 건 누군가는 요시히데의 행동이 마치 **원숭이** 같다고 하여 '원숭이 히데'라는 별명을 붙이기도 했습니다.
>
> (「지옥변」) (진한 색 - 인용자)

---

19) 크리스 라반, 쥬디 윌리암스, 김문성 옮김, 『심리학의 즐거움』, 휘닉스, 2009, p.155.

20) 후두부 중앙 함몰 현상은 원숭이의 하위 부류에서 가장 많이 나타나는 특징이며, 오랑우탄이나 긴팔원숭이와 같은 발달된 유인원에서 30마리 중 하나 꼴로 드물게 나타난다고 한다. 이러한 두개골의 비정상성은 뉴질랜드이나 아이마라족과 같은 몇몇 야만인들의 특징이기도 하다. 우리는 범죄자가 범한 범죄가 특정한 비정상성에 의해 특징지어진다고 결론지을 수 있다.
체자레 롬브로조, 이경재 옮김, 위의 책, p.350.

가사이 아키후(笠井秋生)는 "요시히데의 예술은 가장 사랑한 딸을 태워 죽인다고 하는 매우 비도덕적인, 비인간적인 행위에서 완성된 것이다"[21]라고 언급하고 있는데, 노파와 마찬가지로 요시히데의 동물적인 특징 - 작은 키에 뼈만 앙상한, 유난히 붉은 입술, 원숭이와 같은 행동 - 은 단순히 환경적, 생물학적 특이성뿐만 아니라, 자신의 예술을 위해 사랑하는 딸마저 죽음으로 몰아넣은 요시히데의 광기(狂気) 또한 기존의 사회 질서를 파괴하는 도덕적 정신이상자라고 말할 수 있다.

이와 같이 하인과 노파의 외형적, 신체적 특징에서 살펴본 여드름(혹은 분류나 다른 어떤 종양)과 동물적 모습이나 행동은 롬브로조가 주장한 질병이나 격세유전이 범죄의 주된 두 가지 원인이라는 점에서 앞으로 논할 하인의 행동에 결정론적 영향을 줄 것이라 볼 수 있다. 그러한 의미에서 본다면 하인과 노파의 만남에 있어 하인의 양자택일, 즉 "굶어 죽을 것인가? 도둑이 될 것인가?" 하는 결정은 어느 정도 이미 예정되어져 있다고 할 것이다.

3. 하인, 그 범죄자로서의 숙명

하인은 하룻밤을 지새우기 위해 문 위로 올라간다. 그리고 거기서 죽은 여자의 머리카락을 뽑고 있는 노파와 만나게 된다. 이러한 노파와의 만남은 하인이 문 아래에서 굶어 죽지 않기 위해 '도둑이 되는

---

21) 笠井秋生, 『芥川龍之介』, 清水書院, 1994, p.131.

수밖에 방법이 없다'는 것을 긍정하는, 다시 말해 도둑이란 범죄자가 되려는 용기를 갖는 계기가 된다.

> 오른손으로는 뺨에 빨갛게 고름이 든 커다란 여드름을 신경쓰면서 듣고 있었던 것이다. 그러나 그녀의 이야기를 듣고 있는 사이에, 하인의 마음에는 어떤 용기가 생겨났다. (중략) 하인은 굶어 죽을 것인가? 도둑이 될 것인가? 에 망설이지 않았을 뿐만 아니다. 그 때 이 사내의 심정으로 말하자면 굶어 죽는 일 따위는 거의 생각조차 할 수 없을 만큼 의식 밖으로 밀려나 있었다.

문 위에서 하인의 감정 변화를 살펴보면 처음 노파를 봤을 때의 공포나 호기심이, 노파가 자신의 행위에 대해 이렇게 하지 않으면 굶어 죽으니까 어쩔 수 없이 한다는 이야기를 듣는 동안 점차 증오심에서 안도감과 만족감으로, 그리고 이야기가 끝난 뒤에 오는 실망과 모멸감으로 전이되고 있다. 요시다 토시히코는 "「라쇼몬」에 나타난 하인의 마음에는 〈60퍼센트의 공포와 40퍼센트의 호기심〉, 〈모든 악에 대한 반감〉, 〈노파의 생사〉를 완전히 〈지배〉할 수 있었던 〈득의와 만족〉, 평범한 대답을 한 노파에의 〈격렬한 증오〉와 〈차가운 멸시〉 그리고 〈노파를 붙잡을 때〉에는 〈정반대 방향으로 움직이려는 용기〉 - 이것들의 모순을 가진 다양한 심정이 반사적(反射的)으로 기복(起伏)하고 있다. 이것은 사회적인 규범이라든가 일상적인 생활습관, 합리적인 판단을 뛰어넘는 반사적인 자연적인 정서라고 바꿔 말할 수 있다"[22)]

22) 吉田俊彦, 위의 책, pp.38 - 39.

고 서술한 것처럼, 하인의 히스테리[23]적 정신이상은 롬브로조가 말한 대로 범죄자와 유사점[24]과 흡사하다.

더욱이 하인은 노파의 이야기를 듣고 '용기'를 얻어 도둑이 되고자 결심하고 있는데, 여기서 말한 '용기'는 사전상에 서술된 용기, 즉 씩씩하고 굳센 기운. 또는 사물을 겁내지 아니하는 기개와 같은 의미라고 보기 힘들다. 말하자면 문 위에서 하인이 느꼈던 '용기'란 바로 그가 들었던 노파의 행위인 범죄 행위 - '이미 용서할 수 없는 악(悪)' - 가 외형적, 신체적 특징에서 비롯되었다는 사실 - '어차피 보통 사람은 아니다' - 을 인식하기 시작한 것과 동시에, 하인의 말 '분명 그렇단 말이지?' - 과 같이, 자신 또한 노파와 동일한 특이성으로 말미암아 범죄 행위를 할 수밖에 없다는 사실을 인정하는 용기라고 하겠다.

하인은 문 아래에서 '굶어 죽을 것인가? 도둑이 될 것인가?' 하는 양자택일에 있어 문 위에서 노파와의 만남은 하인 스스로가 선천적으로 범죄(악)가 내재되어 있다는, 앞으로 자신의 미래 모습[25] - 범죄자

---

23) 히스테리(Hysterie)라는 말이 정신병 또는 이상성격의 한 형으로 사용되는 경우는 자기중심적으로, 항상 남의 이목을 집중시키는 것을 바라고, 오기가 있고, 감정의 기복이 심한 성격, 또는 현시성(顯示性)인 병적 성격을 가리키는 일이 많다. 네이버 백과사전 http://terms.naver.com/entry.nhn?docId=1156738&cid=40942&categoryId=31531 참조.

24) 정신이상의 유형은 매우 다양하기 때문에 정신이상에 걸린 범죄자의 모습을 한 가지로 묘사하기는 어렵다. (중략) 특히 정신이상자들은 선을 행하기는 어렵지만 악을 행하기는 쉽다. 정신이상은 도덕심을 상실케 하거나 적어도 이를 감소시켜 일반인들에게는 당연한 범죄에 대한 혐오감, 동정심, 정의감, 양심의 가책 같은 것들을 무디게 만든다.
체자레 롬브로조, 이경재 옮김, 위의 책, pp.312 - 313.

25) 에비이 에이지(海老井英次)는 "아쿠타가와의 『노트(ノート)』에 수록된 「라쇼몬」 초고에는 주인공 이름으로서 〈가타로 헤이로쿠(交野の平六)〉가 보인다. 그렇다면 이 이름은 「라쇼몬」의 주인공이 〈하인〉이라고 일반 명사화된 이전에 가지고

- 을 자각하였다고 보아야 한다. 결국 하인이 도둑이 되는 것은 그의 의지적 선택 문제가 아니라 그의 외형적, 신체적 특징, 생래적범죄자설로 의해 이미 범죄자인 도둑으로 정해져 있는 것이다.

나아가 이와 같이 문 위에서 벌어진 하인과 노파와의 사건을 통해 '라쇼몬'이라는 세계 또한 일반 보통사람들로부터 격리된 사회 부적격자들의 공간으로 생각해 볼 수 있다.

> 최근 2, 3년간 교토(京都)에는 지진이나 회오리바람, 화재, 기근 등 재난이 연달아 일어났다. 그런 까닭에 교토 도성 안의 피폐상은 이만저만이 아니었다. (중략) 그러자 그 황폐해진 틈을 기다렸다는 듯이 **여우나 너구리**가 살고 도둑이 살았다. 그리고 급기야 마침내는, 인수할 사람이 없는 죽음 사람을 이 문으로 가져와 버리고 가는 관습마저 생겼다. 그래서 해가 어두워지면 누구든지 무서운 기분에 문 근처에는 얼씬도 하지 않게 되었다. (중략) 그 대신 이번에는 **까마귀 떼**가 어디서 날아왔는지 많이 몰려 왔다. (진한 색 - 인용자)

히라오카 토시오(平岡敏夫)는 "교토 마을이라는 일상생활에서 문밖이라는 또 다른 세계를 방황, 혹은 떠돌던가, 아니면 이 문에서 재차 교토의 마을로 돌아간다고 해도 그것은 이미 정주자(定住者)의 생

있던 고유명사이며, 그것이 〈하인〉으로 바뀌고, 더욱이 「투도(偷盜)」로 옮겨 〈세키야마 헤이로쿠(關山の平六)〉→〈가타로 헤이로쿠〉로 와전된 끝에 재생된 것으로 말할 수 있을 것이다. (중략) 아쿠타가와의 창작의식상 두 작품의 연속성이 밝혀진 것처럼 생각되어진다"(海老井英次, 『芥川龍之介論攷』, 桜楓社, 1988, p.142)와 같이 서술하고 있는데, 이것은 「라쇼몬」의 끝 부분인 누각 아래로 내려간 하인이 「투도」(1917)에 와서는 도둑이 된다는 것을 보여주고 있는 것이라 하겠다.

활이 아닌, 도둑이나 거지, 유랑 등 〈다른 이상한 사람(異人)〉으로 있을 수밖에 없다. 어찌되었든 하인이 라쇼몬이라는 두 개의 세계에 있어 경계에 있는 것은 상징적이다"[26]고 서술하고 있는데, 사실 라쇼몬은 해가 저물면 '누구든지' – 여기서 누구는 작품 속의 화자와 같은 일반 보통사람을 말한다 – 불쾌한 기분이 들어 좀처럼 접근하기 싫어하는 것에 반해서, 여우나 너구리, 도둑, 시체 그리고 까마귀 떼는 자유롭게 사는 곳으로 묘사되어 있다. 그런데 노파의 외형적, 신체적 특징을 원숭이로 묘사한 것처럼, 여기서 여우, 너구리, 까마귀 등도 각각 퇴화된 사람들을 동물적으로 이미지화한 것은 아닌지 의심해 볼 필요가 있다. 바꾸어 말하면 교토 사람들은 기존 사회 질서를 유지하기 위해 라쇼몬이라는 공간을 중심으로 하여, 생래적으로 비인간이고, 야만적인 인간을 추방시킨 것은 아닐까 유추 가능하다. 아니면 미셸 푸꼬가 언급한 격리(隔離), 즉 "광인의 격리는 광인의 감금이 되어야 한다. 만약 광인이 (성문이라는) 문턱 자체나 다른 감옥을 갖지 못하거나 갖지 않아야 한다면 그는 항해 중에 있어야 한다. 그는 내부에서 외부로 추방된다"[27]라고 말한 바와 같이, 소위 이성적, 도덕적 사회를 유지하기 위해서는 이러한 격리된 장소(혹은 감금된 수용소)가 필요하며, 그러한 차원에서 라쇼몬이라는 격리된 장소에서야말로 비이성적인 범죄와 죽음이 가득한 것이 오히려 자연스러운 현상일지도 모른다.

이상과 같이 「라쇼몬」에 나타난 하인의 외형적, 신체적 특징과 범

---

26) 宮坂覚 編, 平岡敏夫, 『芥川龍之介－理智と抒情－』, 有精堂, 1993, p.117.
27) 미셸 푸꼬, 김부용 옮김, 『광기의 역사』, 인간사랑, 1999, p.29.

죄와의 상관관계를 롬브로조의 관점에서 살펴보았다. 본문에서도 언급한 것처럼, 당시 메이지시기에 유행했던 롬브로조의 '생래성범죄자설'이나 '사회진화론' 주장은 대부분 현재 부정되고 있다. 하지만 당시 서양에서 유입된 롬브로조의 '생래적범죄자설'이나 격세유전, 골상학 같은 학문은 당시 문학뿐만 아니라, 인종이나 문화 등 여러 분야에 걸쳐 많은 영향을 미쳤다. 특히 광기와 천재에 관한 문제는 아쿠타가와 자신이 광기에 의한 죽음을 맞이한 생모의 유전에 대한 공포는 물론이고, 그 공포에서 벗어나기 위한 노력의 일환인 그의 문학 창작에도 커다란 영향을 주었다고 본다. 그러한 의미에서 작품 등장인물인 하인과 노파, 그들의 외형적, 신체적 특징에 나타난 질병이나 동물적 이미지, 그리고 문 위에서 벌어진 일련의 사건은 그들이 선천적으로 범죄자가 될 수밖에 없다는 것을 보여주고 있으며, 동시에 공간적 배경인 라쇼몬 또한 일상세계와는 다른 이질적인 세계로 형상화된 것을 알 수 있다.

제4장

「라쇼몬」에 나타난 하인의 욕망으로서 대상a

제4장 「라쇼몬」에 나타난 하인의 욕망으로서 대상a

—'욕망이론'에서 본 하인의 욕망구조—

이번에는 자크 라캉[1]의 '욕망이론'이라는 관점을 기반으로 실제 문학작품에 나타난 등장인물의 욕망 구조를 분석하고자 한다. 사실 라캉은 인간을 욕망하는 주체라고 보았으며, 이러한 욕망의 주체는 항상 결핍해 있어 끊임없이 욕망의 대상을 찾는 존재[2]라고 주장한다. 하지만 우리가 추구하는 이러한 욕망의 대상은 항상 은유와 환유로 대체되기에, 더욱이 근원적인 오인과 환상에 의해 만들어진 것이기에

1) 자크 라캉(Jaques Lacan, 1901 - 1981): 프랑스 파리 태생의 정신분석이론가이다. 파리 의과 대학을 마치고 박사학위 논문으로 〈편집증적 정신병과 성격과의 관계〉(1932)를 발표한 이후부터 프랑스 정신분석학계에 우수함을 인정받으며 메를로 - 퐁티, 레비 - 스트로스 등과 지적 교분도 나눈다. 파리프로이드학교를 세우는 등 프로이드 정신분석학을 재해석하여 주체와 욕망의 문제를 주요 관심사로 삼고, 1953년 『에크리』(1966)가 출판된 이후부터 프랑스 사회에 막강한 영향력을 미쳐 그것이 사회현상으로까지 일컬어지게 되었으며 국제적으로도 그의 연구에 많은 관심을 가지게 되었다. 20세기 후반부 라캉의 이론은 현재 정치, 사회, 문화, 예술의 분야로 확장되고 있다.

2) 자크 라캉, 민승기, 이미선, 권택영 옮김, 『욕망이론』, 문예출판사, 1995, pp.15 - 21 참조.

결국 욕망을 지연시키는 '오브제 프티 아(objet petit a)', 즉 타자의 욕망인 대상a[3]에 의해 또다시 욕망을 찾을 수밖에 없다고 한다. 더욱이 라캉은 우리 인간의 욕망 구조를 거울 단계인 상상계, 상징계 그리고 실재계를 통해 자아가 형성되는 과정을 설명[4]하고 있다.

이러한 라캉의 '욕망이론' 관점에서 하인의 욕망 구조를 살펴보면, 하인의 무의식적 욕망구조는 공간 이동에 따라 구체화되고 있는데, 라캉의 주장에 따른다면 처음 문 아래에 비가 멈추길 기다리는 하인의 모습을 상상계로, 그리고 하인이 사다리를 타고 문 위로 올라가 노

3) 브루스 핑크(Bruce Fink)는 대상a와 관련해서 타자의 욕망으로 "타자의 욕망 속에서 본질적으로 해독불가능한 것으로 남아 있는 것 - 라캉이 X라고 부른 것, 변항, 혹은(더 낫게는) 미지의 것 - 을 파악하려는 아이의 시도 속에서 아이 자신의 욕망이 정초된다. 타자의 욕망은 아이의 욕망의 원인으로서 기능하기 시작한다. 그 원인은 한편으로는 주체에 대한 (결여에 기초한) 타자의 욕망이다'고 말하고 있다. (중략) 〈인간의 욕망은 타자가 그를 욕망할 것에 대한 욕망이다〉 또는 〈인간은 그에 대한 타자의 욕망을 욕망한다〉라고 번역할 수 있다"고 언급하고 있다.
브루스 핑크, 이성민 옮김, 『라캉의 주체』, 도서출판 b, 2010, p.120.

4) 여기서 상상계란 생후 6개월에서 18개월 사이의 어린 아이가 거울 속에 비친 자신의 모습을 보고 자신과 완전히 동일시하는 단계이다. 이 단계에서 어린 아이는 비록 자신의 몸을 가눌 수는 없지만 거울에 비친 자신의 이미지를 총체적이고도 완전한 것으로 가정한다. 이 형태는 정신분석 용어로 이상적 자아(ideal - I)라 부르는데, 타자에 의해 보여진다는 것을 모르는 객관화되기 전의 '나'에 해당된다. 그리고 그는 대상과 자신을 일치시키고 타자의 욕망과 자신의 욕망을 구별하지 못하는 오인 혹은 환상의 단계에서 빠져 나오지 못하기에 타자의식이 전혀 없는 시기이기도 하다. 이러한 상상계는 사회적 자아로 굴절되는 단계로, 언어의 세계요, 질서의 세계인 상징계로 진입하면서 거울단계(상상계)는 사라지거나 억압되는 것이 아니라 변증법적으로 연결된다. 그리고 비로소 주체는 자신의 무의식 안에서 추구되는 대상, 즉 대상a를 만나게 된다. 그리고 실재계는 상상계와 상징계가 뫼비우스의 띠처럼 변증법적으로 연결되어 이루어진다. 이것은 상징계에 머물러 있던 자신과 환경이 또다시 좌절 - 상징적 대상물의 구멍 혹은 결점이 있는 실재 - 을 겪은 후 실재계로 진입하게 되는 것을 의미하는데, 그 이유는 이미 상상계에서 비롯된 오인과 착각으로 말미암아 완벽하고 절대적 주체란 없기 때문이다.
숀 호머, 김서영 옮김, 『라캉 읽기』, 은행나무, 2010, p.39, p.65, p.151 참조.

파와의 만남을 상징계, 마지막으로 하인이 노파의 옷을 빼앗아 어두운 문 아래로 내려가 사라지는 모습을 실재계라고 볼 수 있다.

따라서 라캉의 '욕망이론'을 통해 하인의 욕망을 고찰해 본다면, 작품 「라쇼몬」에 나타난 하인과 공간, 문 아래와 문 위 그리고 다시 문 아래 관계는 물론이거니와, 하인과 노파와의 관계에 대해서도 '새로운 읽기'가 가능할 것으로 생각된다.

1. 문 아래, 현실에 비추어진 자아

작품 「라쇼몬」의 첫 구절은 배경과 인물, 즉 시간적으로 '해질 무렵', 공간적으로 '라쇼몬'을 나타내는 것과 동시에 며칠 전 주인에게 해고된 하인이 라쇼몬 아래에서 비가 멎기를 기다리는 것으로 시작되고 있다.

> 어느 날 해질 무렵의 일이다. 한 하인(下人)이 라쇼몬 아래에서 비가 그치기를 기다리고 있었다.
>
> 넓은 문 아래에는 **이 남자 외에는 아무도 없었다.** (중략) 이 남자 외에도 비가 그치기를 기다리는 이치메 가사(市女笠)나 모미에 보시(揉烏帽子)를 쓴 사람이 두 세 명은 더 있을 법하다. 그런데 **이 남자 외에는 아무도 없다.** (진한 색 - 인용자)

나아가 작가는 2~3년 사이 교토에서 발생한 지진이나 회오리바람 혹은 화재나 기근으로 말미암아 도둑이 늘어나는 것은 물론, 황폐해진 라쇼몬 주위로 시체를 버리고 가는 관습에 대해 계속해서 묘사하고 있다. 이처럼 작품의 도입 부분에 나타난 하인의 등장 및 배경과 상황 묘사는 하인의 욕망구조를 이해하는데 중요한 의미를 부여하고 있다. 구체적으로 현재 하인의 눈에 비추어진 주변 세계 - 시간적으로 점차 어둠의 세계이며, 공간적으로 비가 내리는 속에 황폐해진 라쇼몬 그리고 여기 저기 버려진 시체 - 는 말 그대로 죽음[5)]이 둘러싼 세계로, 그러한 죽음의 세계 한 가운데 하인이 서 있는 것이다. 그리고 하인이 죽음의 세계를 바라봄으로서 자신 또한 죽음과 동일시하는, 소위 라캉이 말하는 상상계라고 말할 수 있다. 즉 자신이 보는 라쇼몬 주위 - 이것은 라캉이 말하는 거울과도 같은 역할을 한다 - 와 그 속에 비친 자신의 모습을 죽음과 일체화함으로서 자신의 욕망이 죽음으로 오인되고 마는 결과를 초래하고 있다는 것이다. 더욱이 작품에서는 두 번에 걸쳐 강조한 '이 남자 외에는 아무도 없다'고 하는 반복서술은, 지금 문 아래에 있는 하인에게 보여짐[6)] - 여기서는 하인이 살아 있다고 하는 자각 - 이 없는, 욕망의 대상인 타자의 부재를 말하기도 한다.

---

5) 미요시 유키오(三好行雄)는 "류노스케가 그린 〈라쇼몬〉은 죽음의 세계, 아니 죽어 가는 세계를 상징하고 있다. (중략) 「라쇼몬」은 그 하인에게 있어 삶으로의 귀환에 관한 이야기이다"라고 언급하면서, 라쇼몬의 배경, 특히 문 아래를 죽음의 세계라고 표현하고 있다.
三好行雄, 『芥川龍之介論』, 筑摩書房, 1976, p.60.

6) 응시(regard)는 인식론적, 실존적 함의가 아니라 리비도적 함의를 가지며 무엇보다 타자의 '욕망'과 '결여'라는 개념과 연동되어 있다. (중략) 응시는 시선에 담긴 욕망의 차원을 드러내줄 뿐 아니라 '응시하다'와 함께 능동태와 수동태로 쉽게 변주될 수 있다는 장점이 있다.
자크 라캉, 맹정현, 이수련 옮김, 『자크 라캉 세미나 11권 - 정신분석의 네 가지 근본개념』, 새물결 출판사, 2008, p.432.

어찌해도 되지 않는 일을, 어떻게든 하기 위해서는 수단을 가릴 겨를이 없다. 가리다간 담벼락 아래던가, 길바닥 위에서 굶어 죽을 뿐이다. (중략) 하인의 생각은 몇 번이나 똑같은 길을 배회한 끝에 간신히 이러한 결론에 다다랐다. 그러나 이 '한다면'은 언제까지나 '한다면'으로 끝났다. (중략) '도둑이 되는 수밖에 방법이 없다'는 것을 적극적으로 긍정할 만큼 용기가 나지 않았다.

이처럼 욕망의 대상인 타자의 부재는 결국 하인 스스로 라쇼몬 문 아래에서 '비에 갇힌 하인이 갈 곳이 없어서 어찌할 바를 모르'며 그냥 이대로 '굶어 죽을 것인가?' 아니면 살기 위해서 '도둑이 될 것인가?' 하는 양자 선택을 결정하지 못하게 한다. 이것 또한 하인이 살기 위한 적극적인 해결책, 말하자면 도둑이 되고자 하는 삶의 적극적인 용기, 혹은 욕동[7]에서 소외된 경우로, 바로 하인의 욕망이 형상화, 실체화되기 이전의 모습이라 하겠다.

하인은 목을 움츠리면서, 황색 홑옷에 겹쳐 입은 감색 겹옷의 어깨를 치켜세우며 문 주위를 둘러보았다. **비바람 걱정이 없이, 남의 눈에 띌 염려가 없는, 하룻밤 편히 잘 수 있을 만한 곳**이 있다면 거기가 어디든 밤을 새우려고 생각했기 때문이다. 그러자 다행히 문 위 누각으로 오르는 폭 넓은 게다가 붉은 칠을 한 사다리가 눈에 띄었다. (진한 색 – 인용자)

---

7) 욕동(drive , instinct, Trieb, 欲動): 본능이라고도 번역되나 생물학적, 유전적으로 고정된 행동양식을 의미하는 본능과는 일단 구별되며 보다 심리학적인 개념인 욕구 또는 욕망에 비하면 보다 생물학적 기반을 가지고 있는 것으로 된다. 사람의 마음을 휘몰아치는 역동과정으로 생체 내부에 욕구 긴장을 초래하는 힘을 의미하고 있다. 이것에 의해서 개체는 어느 목표를 향해서 노력하게 된다. 또한 프로이드는 욕동의 기초개념으로서 심박, 원천, 대상, 목표를 추출하고 있다.

하지만 하인은 하룻밤 편하게 잠자기 위해 사다리[8]를 오르는데, 이러한 사다리를 오르는 행위는 하인에게 내재된 삶을 지향하는 충동(drive)에 의한 행위이다. 다시 말해서 하인이 문 아래 - 죽음의 세계 - 에서 계속 머무는 것이 아닌, 비바람 걱정이 없고 남의 눈에 띄지 않는 곳을 찾아 하룻밤을 편하게 자려고 하는 이러한 삶의 지향은 프로이드가 충동의 전형으로 말한 리비도(libido, 성적 에너지로 삶의 순수한 본능)에 의한 것으로 볼 수 있다. 특히 여기서 말하는 충동이란 '생물학적 속성을 가진 지속적인 힘으로 언제나 충동의 근원 자체로부터 비롯되는 자극의 근원'[9]을 말한다. 여기서 하인의 자극 원인은 현재 자신을 둘러싼 죽음 속에서 삶을 지향하는 동인(動因)이다.

따라서 이러한 하인의 내재적 충동은 문 아래에 있었던 자신을 문 위로 인도하게 하였으며, 앞으로 올라갈 문 위의 세계야말로 지금까지 문 아래에서 자신의 욕망 부재에 따른 죽음과의 동일시하는 것과 달리, 하인에게 욕망의 타자인 대상a가 있는 질서의 세계라고 하겠다.

2. 문 위, 하인과 대상 a와의 만남

하인이 사다리를 타고 오르기 전, 문 위에는 죽은 사람들만 있다고

---

8) 기무라 가즈아키(木村一信)는 '사다리'에 관련해서 "〈사다리〉 위는 그에게 하나의 인생의 실상을 시사(示唆)하는 장소이다. (중략) 〈사다리〉를 오르는 것은 새로운 인생을 만나는 기회이기도 한 것을 알 수 있다"(志村有弘 編, 木村一信, 『芥川龍之介「羅生門」作品叢集成 I』, 大空社, 1995, p.400)라고 서술하고 있듯이 여기서 '사다리'는 서로 다른 세계의 경계 역할을 한다.

9) 숀 호머, 김서영 옮김, 위의 책, p.142.

생각했다. 이것은 문 아래와 다름없는 죽음의 세계이다. 하지만 문 위에 올라 온 하인은 죽은 시체 이외에도 이리저리 자리를 옮겨 다니며 죽은 사람의 머리카락을 뽑는 노파를 발견하게 된다.

> 머리카락이 한 개씩 빠질 때마다 하인의 마음속에선 공포가 조금씩 사라져 갔다. 그리고 그와 동시에 이 노파에 대한 격렬한 증오가 조금씩 밀려 왔다. (중략) 이 때 누군가가 하인에게 조금 전 문 아래에서 이 사내가 생각했던 굶어 죽을 것인가? 도둑이 될 것인가? 하는 문제를 다시 묻는다면, 필시 하인은 아무런 미련 없이 굶어 죽는 걸 선택했을 것이다. (중략) **하인은 물론 노파가 어째서 죽은 사람의 머리카락을 뽑는지 알지 못했다.** (진한 색 - 인용자)

하인은 죽은 사람의 머리카락을 뽑는 노파의 모습을 보고 '60퍼센트의 공포'와 '40퍼센트의 호기심'을 느낀다. 여기서 하인이 느끼는 두 감정에 관해 살펴보면, 우선 공포심의 경우 만일 하인이 굶어 죽는다면 자신도 이처럼 노파에 의해 머리카락을 뽑히고 만다는 사실에 기인한 감정이라 하겠고, 호기심의 경우 이 죽음의 세계에서 산 사람이 있다는 자체에 기인한 감정으로 나누어 볼 수 있다. 그리고 이러한 서로 다른 두 감정은 곧 하인이 문 위로 올라오는 과정에서 만나게 되는 죽은 사람과 노파, 말하자면 하인의 욕망이 타자, 즉 구체적인 대상a로 나타난 것으로 생각할 수 있다.

하지만 하인이 비록 문 위에서 죽은 사람과 노파를 바라보고 있다고는 하나, 좀 더 정확하게 말하면 현재 하인은 노파보다는 오히려 죽은 시체에 대한 관심이 높음(60퍼센트의 공포)을 알 수 있다. 그것은 하인이 완전히 문 위에 올라온 것이 아닌, 아직 사다리 맨 끝 부분인 문 아래와 문 위의 중간에 서 있는 까닭에, 여전히 죽음의 세계에 속한다 - 죽은 사람과 동일시하는 자신의 대상a - 고 오인한 결과이다.

> 하인은 양 다리에 힘을 주더니 느닷없이 사다리에서 펄쩍 뛰어 올라갔다. 그리고 손잡이가 나무로 된 칼을 잡으며, 성큼성큼 노파 앞으로 다가갔다. (중략) "이봐, 어딜 도망가?"
> 하인은 시체에 발이 걸려 넘어지며 쩔쩔매고 도망치려는 노파의 앞을 가로막고 이렇게 소리쳤다. (중략) 하인은 비로소 이 노파의 생사(生死)가 전적으로 자신의 의지에 달렸다라는 사실을 확실히 깨달았다. 그리고 이러한 깨달음은 **어느새 여태까지 매섭게 타오르던 증오의 마음을 식혀 주었다**. 다만 그 자리에 남은 건 어떤 일을 한 다음에, 그것이 원만히 성취되었을 때 찾아오는 **안도감과 만족감이 있을 뿐이었다**. (진한 색 - 인용자)

그러나 하인이 문 위의 세계로 완전히 올라감에 따라, 이제까지 죽음에 대한 오인은 점차 노파로 은유된 삶(40퍼센트의 호기심)으로 사라지거나 전이되고 있다. 이것은 하인의 욕망이 노파를 통해 자신의 욕망 대상a, 말하자면 죽음에서 삶으로 완성되어 가는 것으로, 자신의 욕망이 은유와 환유로 상징화되는 문 위의 세계가 바로 상징계라고 하겠다. 신구 가즈시게(新宮一成)는 "생각하는 〈나〉는 자신의 생각이 일어나는 기원에 접근할 수 없을 것이나, 〈나〉는 스스로의 기원을 거울에 비추어 봄으로써 그 간극을 잇는 연속성을 가질 수 있다. (중략)

즉 타자가 거울의 역할을 한다"[10]고 언급한 것처럼, 노파는 하인의 거울 역할을 하는 타자임과 동시에 대상a의 역할을 한다. 그러므로 하인은 지금까지 문 아래에서 가졌던 자신 - 죽은 사람 - 을 소외시키고, 죽음의 세계에서 살아 있는 노파를 통해 자신의 삶을 유지하려고 하고 있는 것이다. 이러한 하인의 욕망이 시체에서 노파로 전이된 결과, 하인의 감정 또한 노파에게 느꼈던 호기심에서 점차 안도감과 만족감으로 변화하고 있음을 알 수 있다.

나아가 이러한 안도감과 만족감은 바로 하인의 대상a가 노파[11]라고 하는 욕망의 확정성 - 욕망이 획득된 순간 - 에서 오는 안도감이나 만족감으로 볼 수 있다. 즉 하인은 문 아래에서 동일시했던 죽음에서 벗어나, 노파를 통해 자신의 욕망이 죽음이 아닌 구체적 실체라는 삶으로써 인식의 전환이 일어난 것이라 하겠다. 동시에 그러한 의미에서 이 노파야말로 하인의 무의식적 욕망[12]의 대상a라고 말할 수 있다.

---

10) 신구 가즈시게(新宮一成), 김병준 옮김, 『라캉의 정신분석』, 은행나무, 2007, pp.179 - 180.

11) 이것과 관련해서 신구 가즈시게는 '라캉은 〈너는 이것이야〉라는 황홀한 체험을 증거로 내세우며 거울 단계론에 대한 논문을 매듭짓고 있다' (중략) 스스로 자신의 기원에 대해 말할 수 없는 나를 대신하여 타자가 나의 기원을 가리킨다. 그것은 불안과 황홀을 포함하는 체험이며 한편으로는 타자와 내가 닮았다는 조건 아래에서 가장 일상적이고 상식적인 평안을 가져다 줄 수 있는 체험이다'고 언급하고 있다.
신구 가즈시게(新宮一成), 김병준 옮김, 위의 책, pp.182 - 183. 한편 에비이 에이지(海老井英次)는 "노파가 하인에게 시사하는 점은 그렇게(죽은 사람의 머리카락을 뽑는 도둑행위 - 인용자) 되어 버린 인간의, 현실적이고 구체적인 모습이었던 것이다"(海老井英次, 『芥川龍之介論攷』, 桜楓社, 1998, p.88)와 같이 하인에게 있어 노파의 역할(혹은 존재)에 대해 언급하고 있다.

12) 기무라 가즈아키는 하인의 감정 변화에 관해서 "하인의 행동 선택에 노파의 논리는 불가결하였고, 오히려 논리보다는 직접적으로 그와 같이 사는 노파의 존재가 필요하였던 것이다"라고 말하고 있다.

"이 머리카락을 뽑아서 말이야. 이 머리카락을 뽑아서 말이야. 가발을 만들려고 했지."

하인은 노파의 대답이 의외로 평범한 사실에 실망했다. 그리고 실망과 동시에 또다시 **조금 전에 타올랐던 증오가 차가운 모멸감**과 함께 마음속을 온통 채웠다. (중략) 그녀의 이야기를 듣고 있는 사이에, 하인의 마음에는 어떤 용기가 생겨났다. 그것은 조금 전 문 아래에서 이 사내에겐 없었던 용기였다. 그리고 또한 조금 전 이 문 위로 올라와 노파를 붙잡았을 때의 용기와는 정반대 방향으로 움직이려고 한 용기였다. (진한 색 - 인용자)

그런데 노파는 하인에게 죽은 사람의 머리카락을 뽑는 이유를 말하자, 하인의 감정 또한 안도감과 만족감에서 점차 증오심과 모멸감으로 바뀌고 있다. 이것은 노파와의 동일시와 함께 하인의 욕망이 충족되었던 순간, 노파가 죽은 사람에서 머리카락을 뽑는 이유 - 도둑 - 가 지금까지 문 아래에 있었던 하인에게 있어 '용서할 수 없는 악(惡)'[13]으로 인해 자신의 욕망 획득이 어긋나고 있음을 보여주고 있다.

이처럼 하인의 욕망과 그 대상a인 노파와의 어긋남은 하인을 욕망의 확정성 속에 또다시 결여된 욕망 주체로 되돌아가게 하고, 그 결과 하인은 소외된 욕망에서 또 다른 새로운 욕망으로 가지 않으면 안되는 것이다.

志村有弘 編,, 木村一信, 위의 책, p.401.

13) 이와 같이 하인이 자신의 대상a를 죽은 시체와 동일시한 것은 "이 비오는 밤에, 라쇼몬 위에서 죽은 사람의 머리카락을 뽑는다는 행위는 그것만으로도 이미 용서할 수 없는 악(惡)이었다. 물론 하인은 조금 전까지 자신이 도둑이 될 생각 따위는 아예 잊고 있었다"에서도 찾아 볼 수 있다.

3. 하인의 욕망, 그 결여된 주체

지금까지 살펴본 바와 같이, 하인이 문 아래 - 상상계 - 에 있었을 때 그의 욕망은 대상의 부재로 인한 혹은 바라보는 시선은 있으되 보여지는 응시의 결여로 인해 자신을 죽음과 동일시하는 결과를 초래하고 말았다. 그러나 하인에게 내재되어 있던 충동은 그를 사다리로 인도하게 하는 동인이 되었고, 문 위에서 죽은 사람과 보여지는 대상a인 노파와의 만남으로 인해 자신의 욕망을 존재로 대상화 - 상징계 - 한 결과, 시체의 죽음이 아닌 노파의 삶이라고 하는 욕망을 충족하고 있음을 알 수가 있었다. 하지만 노파의 말 - 용서할 수 없는 악(悪) - 은 하인의 욕망 획득과 동시에 어긋나고 말았으며, 이러한 하인의 인식 간격은 결과적으로 대상a로서의 노파에게 욕망의 결핍을 인식하는 것과 함께 주체와 대상a가 서로 분리되는 계기가 되고 있다.

> "그럼 내가 날강도 짓을 한다 해도 원망하지 마라. 나도 그렇게 하지 않으면 굶어 죽을 판이니까."
>
> **하인은 재빨리 노파의 옷을 벗겼다. 그리고는 발을 붙잡고 늘어지는 노파를 거세게 걷어차 시체 위에 쓰러뜨렸다.** 사다리 입구까지는 불과 다섯 걸음을 셀 정도다. 하인은 빼앗아 든 노송나무 껍질의 붉은 빛 거무칙칙한 옷을 겨드랑이에 끼고, 눈 깜짝할 사이에 가파르게 세워진 사다리를 타고 어둠 속으로 뛰어 내려갔다. (진한 색 - 인용자)

여기서 하인이 노파의 옷을 빼앗고 걷어차는 행위는 자신의 욕망과 대상a인 노파와의 분리를 보여준다. 결국 이러한 분리는 하인 자신의 욕망이 충족되는 순간[14]이 곧 자신의 욕망이 결핍되었다는 사실을 깨닫는 순간이기도 하다. 노파라는 대상a는 이제 더 이상 하인의 욕망을 매울 수 있는 기표(記標)가 아니며, 하인의 주체 소외 또는 무화(無化)로 인해 욕망의 허구로 되돌아가고 만다. 물론 하인과 노파의 분리는 애초부터 문 아래에 있었던 하인이 가진 도덕이나 윤리, 노파의 말에서 보여진 비도덕이나 비윤리성의 차이에서 기인한 것이다.

따라서 하인이 문 위에서 욕망의 대상으로서 노파 - 삶과 도둑 - 에서 악(悪)인 도둑을 거부함으로서 발생하는 차액 - 삶 - 은 또다시 욕망 - 환유 - 을 불러일으키게 되는데, 이러한 차액에서 오는 잉여쾌락은 하인의 욕망을 변증법적으로 지속시키는 기제가 된다.

> 한참 동안 죽은 듯이 쓰러져 있던 노파가 시체들 사이에서 그 벌거벗은 몸을 일으킨 것은 그로부터 얼마 지나지 않아서였다. 노파는 투덜거리는 혹은 신음하는 소리를 내며, 여전히 타고 있는 불빛을 의지해 사다리 입구까지 기어갔다. 그리고 거기서 짧은 백발을 늘어뜨리며 문 아래를 살펴보았다. 밖에는 다만, 칠흑같이 어두운 밤만 있을 뿐이다.
>
> **하인의 행방은 아무도 모른다.** (진한 색 - 인용자)

14) 곤노 아키라(今野哲)는 "노파의 논리가 하인의 것으로 되기 위해서는, 하인은 노파가 소유한 물건을 빼앗는 것에 의해 검증하지 않으면 안된다고 말할 수 있다"(志村有弘 編,, 今野哲, 「「羅生門」論ー生を希求するかたちー」, 『芥川龍之介「羅生門」作品叢集成Ⅱ』, 大空社, 1995, p.28)고 언급한 바와 같이, 하인이 노파의 옷을 빼앗는 행위야말로 하인 = 노파, 즉 하인의 욕망 대상a로서의 노파라고 볼 수 있다.

하인은 노파의 옷을 빼앗아 쓰러뜨린 후, 다시 문 위에서 문 아래로 내려가지만 문 아래는 더 이상 죽음의 세계가 아니다. 그곳은 하인의 욕망의 영속성에 의해 다시 열려진 새로운 세계[15]이며, 하인의 욕망이 또 다른 환유된 새로운 대상a와 만남이 이루어지는 세계이다. 결국 하인의 욕망에 나타난 결핍 구조는 실재계의 한 부분으로 편입시킴으로서 지금까지 상징계에서 자신의 욕망 또한 그 절대성을 부정한다.

그렇게 본다면 노파의 시선을 통해서 보여진 하인의 모습, 다시 말해서 앞으로 하인이 얻게 될 욕망의 타자로서 대상a는 현재 '칠흑같이 어두운 밤'과 같은 빈 구멍처럼 결여되어 있으며, 오히려 이러한 결여야말로 주체가 갈망하는 환유된 욕망으로 채워지는데 이를 '환상(fantasme)'[16]이라 말할 수 있다.

사실 아쿠타가와는 「라쇼몬」의 초출에서 "하인은 이미 비를 무릅쓰고, 교토에 있는 마을로 도둑질을 하기 위해 서두르고 있었다"(『제국문학』,1914, 11)가 아닌, "하인의 행방은 아무도 모른다"(『코』, 1918, 7)로 바꾸어 씀으로서 하인은 문 위에서 소외, 즉 대상a인 노파와의

---

15) 에비이 에이지는 "하인 앞에는 〈교토에 있는 마을〉이 있다. 어둠 속에 자취를 갖추었다고는 하나, 단순히 순환적인 처음 문 아래의 세계로 되돌아간 것이 아니라, 그곳에는 하나의 〈각성〉이 이미 있었던 것이다"고 서술하고 있다.
海老井英次, 위의 책, p.89.

16) 숀 호머는 환상과 관련해서 "환상은 주체가 주인공이며 항상 소원 - 궁극적으로 무의식의 소원 - 의 성취를 대표하는 상상된 장면으로서 방어기제들에 의해 다소 왜곡된 방식으로 표현한다. (중략) 환상은 결코 현실에 의해 충족될 수 없는 것이며 현실과 혼동되어서도 안 된다는 점이다. 환상과 실재계 사이에서 중개역할을 하는 중요한 개념은 대상a이다"고 설명하고 있다.
숀 호머, 김서영 옮김, 위의 책, pp.160 - 163.

분리된 자신의 결여된 욕망을 얻기 위해 또다시 문 아래로 내려가 새로운 욕망을 찾으러 - 삶에 대한 충동에 의해 - 떠나지만, 적어도 지금 이 순간만은 그 대상a가 악(悪)과 같은 도둑이 아닌 것은 확실하다. 그리고 하인이 앞으로 찾아갈 자신의 욕망 즉 대상a가 과연 무엇인지, 어디에 있는지는 그야말로 어둠 속에 가리워진 채 그 누구도 알 수 없는 것이 어쩌면 당연할지도 모른다. 그러므로 이러한 욕망의 충족과 결핍이라고 하는 무수한 주체분열과 은유와 환유라는 반복을 통해 얻어지는 대상a는 결국 황금수[17]이자 무리수라고 볼 수 있고, 나아가 완전한 욕망의 대상a는 불가능한 것, 달리 말해서 결여 그 자체라고도 말할 수 있다. 더욱이 하인의 새로운 대상a와의 만남도 자신의 욕망을 완전히 충족할 수 없는 반복만 있을 뿐[18]이며, 이러한 변증법적 고리는 하인의 욕망의 현존과 부재가 교차해 나가면서 비록 불완전하기는 하나 점차 자아를 형성해 가는 것이라 하겠다.

이상과 같이 라캉의 욕망이론이란 관점에서 작품에 나타난 하인의 욕망을 살펴보았다. 우선 문 아래에 있어 하인은 상상계에 있다고 볼 수 있으며, 이 때 하인은 자신이 보는 것과의 동일시 그리고 대상의 부재로 인해 자신의 욕망이 죽음이라는 오인, 혹은 착각을 찾아 볼 수

---

17) "나의 현 존재를 황금 수, 즉 대상a로서 발견하고자 하는 나의 열정이 상징체계를 지탱하고 계속되게 한다는 사실을 보여주고 있다. 근원적인 상징화에서 자기는 자기를 나타내는 기표(시니피앙)와 동일시하고 현재 존재하고 있는 자기를 대상화한다. 그곳에는 자기가 무수히 균열되는 고통이 있다. 그러나 상징화는 자기가 결국은 아름다운 수 - 황금 수 - 로 나타나는 무한한 저 피안의 감미로운 운명을 약속하는 것이기도 하다"
신구 가즈시게(新宮一成), 김병준 옮김, 위의 책, p.201.

18) 왜냐하면 이미 상상계에서 주체의 욕망은 오인의 구조로부터 시작하기 때문이다.

있다. 그렇지만 문 위에서 하인은 죽은 사람과 노파와의 만남, 구체적으로 죽은 사람이 아닌 노파의 행위를 통해 자신의 무의식적 욕망을 대상화하게 되었다. 즉 하인은 보여지는 노파라고 하는 타자의 인식 속에서 자신의 욕망 - 삶 - 을 충족시키는 계기가 되었던 것이다. 이처럼 문 위라는 상징계가 타자의 영역에서 주체는 라캉이 주장하고 있는 바와 같이 자신의 욕망은 타자를 통해 얻어지는 욕망일 수밖에 없는 것이다. 그러나 욕망의 획득은 동시에 노파의 말 - 도둑(악) - 에서 오는 어긋남도 발생하는데, 이러한 자신과 대상a에서 오는 메울 수 없는 결여는 욕망의 완성과 함께 분리 현상이 일어난다. 결국 하인은 노파와의 만남으로 자신이라고 하는 존재의 기원 인식과 연속성을 깨닫게 되는 것과 함께 차이로 인한 노파와의 동일시는 실패하고 마는 것이다.

따라서 욕망하는 주체는 항상 결핍을 느낄 수밖에 없으며, 다만 상상계와 상징계 사이에서 오는 잉여쾌락 - 대상a로서 하인의 경우, 죽음과 노파의 말을 뺀 삶이란 차액 - 은 또다시 그 결핍을 채우려는 데서 욕동이 생겨 끊임없이 새로운 대상a를 찾으려는 반복만 있을 뿐이다. 다만 라캉은 변증법적 순환 속에 완전한 욕망을 얻으려는 환상에서, 각자 주체의 절대적 욕망은 획득할 수 없다하더라도 반복 속에 새로운 대상a와의 만남을 통해 즐거움 - 주이상스(Jouissance)[19] - 을 얻으라고 말한다.

---

19) 주이상스는 라캉의 이론 중 매우 복잡한 개념이며 적절한 영어번역이 없는 상태다. 이 개념은 향락으로 번역되기도 하지만, 이보다 쾌락과 고통의 결합, 또는 더욱 정확하게 고통 속의 쾌락을 의미한다. (중략) 일반적으로 라캉은 종교적 또는 신비주의적 황홀경의 경험을 주이상스의 예로서 제시한다.
숀 호머, 김서영 옮김, 위의 책, p.167.

그렇다면 작품 「라쇼몬」은 어떤 의미에서 그 시간적, 공간적 배경이나 등장인물, 아니 작품 전체가 하인의 욕망 구조에 의해 이루어진 세계라고 볼 수 있을지도 모른다.

실존적 관점

제5장

「라쇼몬」에 나타난 인간의 실존

제5장 「라쇼몬」에 나타난 인간의 실존

-신(神)의 부재 속에 선악(善悪) 문제-

작품「라쇼몬」에서 주요 사건이라고 하면 역시 하인이 사다리를 올라간 후, 문 위에서 만난 노파의 옷을 빼앗는 것이라고 하겠다. 그리고 이에 관련해서 상반된 두 선행 연구, 즉 가사이 아키후(笠井秋生)는 "말할 것도 없이 그것은 인간이 가지는 에고이즘의 추악함이다. (중략) 살기 위해 막다른 선까지 내몰린 인간의 본모습, 추악한 에고이즘이야말로 이 작품의 주제이다"[1]라고 서술하며 하인의 행동을 부정하는데 반해, 고마샤쿠 기미(駒尺喜美)는 "그것은 선(善)과 악(悪)의 모순체(矛盾体)인 인간을, 인간 현실을 그대로 드러내려고 하였을 뿐이다"[2]라고 말하면서 하인의 행동을 다소 긍정적으로 보고 있다.

우선 가사이 아키후가 주장한 추악한 에고이즘(egoism)이란 하인의 행동, 즉 노파의 옷을 빼앗음으로써 자기의 욕망충족이나 이익을

1) 笠井秋生,『芥川龍之介』, 清水書院, 1988, pp.105 - 106.
2) 駒尺喜美,『芥川龍之介の世界』, 法政大学出版部, 1967, p.31.

추구한 것에 다름 아니다. 그러나 과연 하인이 살기 위해 도둑질하는 것이 추악한 에고이즘이라고 단정할 수 있는지 재고의 여지가 있다. 더욱이 하인이 처한 현실 세계는 그야말로 사느냐, 죽느냐 하는 생사의 갈림길에 있을 경우에는 더욱 그렇다. 한편 고마샤쿠 기미의 주장은 어느 정도는 타당할지 모르나, 인간이 살아가면서도 선과 악은 구별하기 힘든데, 하물며 현재 하인의 경우는 이미 교토 사회 자체가 붕괴된 상황에서 기존의 선악 관점으로 작품을 분석할 수 있을지 의문시된다.

사실 작품 배경에 나타난 라쇼몬 세계는, 그 속에 홀로 내던져진[3] 하인의 실존 문제와 더불어 지진이나 화재, 기근 그리고 시체들로 둘러싸인 그야말로 신(神)이 부재(不在)한 세계이기도 하다. 따라서 두 선행 연구에 나타난 상반된 견해를 바탕으로, 하인이 당면한 삶과 죽음 그리고 선악 개념을 재정립해 봄으로써, 궁극적으로 미래의 삶을 향한 인간의 실존적 물음에 관련해 살펴보고자 한다.

---

3) 현실 세계에 내던진 것을 실존주의에서는 기투(企投)라고 말한다. 기투란 피투성(被投性, Geworfenheit)을 동반하면서 가능적이고 잠재적인 내적 존재인 실존은 현실세계 속에서 항상 자기 자신을 창조하며, 그 가능성을 전개해 간다. 이것은 실존이 '기도한(entwerfen)' 것이고, '앞에 던져진(projecter)' 것으로, 이러한 실존의 존재 방식을 기투라고 부른다. 그러나 피투성, 즉 일정한 상태 속에 던져진 존재 방식을 취하는(결국 현실 세계 속에 있는) 것도 실존의 존재 방식이며 그것은 인간이 일정한 현실의 상황에서 발견되는 존재이기에, 결국 기투는 이 피투성 속에서 성립된다.
네이버 지식백과 http://terms.naver.com/entry.nhn?cid=282&docId=387569&mobile&categoryId=282 참조.

1. 신(神)의 부재와 인간

「라쇼몬」은 주인공 하인의 등장과 함께 배경 묘사로 시작되고 있다. 여기서 주목해야 할 것은 하인이 처해 있는 현실 세계이며, 이러한 현실 세계는 마치 세기말적[4] 분위기처럼 묘사되어 있다는 점이다.

> 어느 날 해질 무렵의 일이다. 한 하인(下人)이 라쇼몬 아래에서 비가 그치기를 기다리고 있었다.
> 넓은 문 아래에는 이 남자 외에는 아무도 없었다. (중략) 최근 2, 3년간 교토(京都)에는 지진이나 회오리바람, 화재, 기근 등 **재난이 연달아 일어났다.** 그런 까닭에 교토 도성 안의 피폐상은 이만저만이 아니었다. 옛 기록에 의하면 **불상이나 법기**(法器)**를 부숴** 붉은 칠이 있거나 금박이나 은박이 붙어 있는 나무를 길바닥에 쌓아놓고 땔감으로 팔았다고 한다. (진한 색 - 인용자)

지금 하인은 시간적으로 점차 어두워지는 저녁 무렵에, 공간적으로 비가 오는 라쇼몬에 혼자 앉아 있다. 그리고 하인이 여기 라쇼몬으로 온 이유는 그가 살고 있던 주인집에서 쫓겨난 것으로, 당시 지진이나 회오리바람, 기근과 같은 재앙으로 인해 불상이나 법기(法器) 등을 부숴서 팔거나 땔감으로 쓰일 정도로 피폐한 일상생활에 기인한 것이

---

4) 세기말: 사회의 몰락으로 사상이나 도덕, 질서 따위가 혼란에 빠지고 퇴폐적, 향락적인 분위기로 되는 시기로 여기서는 특히 천재지변과 같은 재앙으로 인한 사회가 혼란에 빠져 법이나 질서 등이 부재한 경우를 말하고자 한다.
네이버 지식백과 http://terms.naver.com/entry.nhn?cid=263&docId=337113&mobile&categoryId=1043 참조.

라고 서술되어 있다. 즉 몇 년 간 계속된 천재지변으로 인해 인간 사회는 붕괴의 위기를 맞게 되었으며, 마침내 지금까지 믿고 있었던 종교 - 여기서는 불교 - 마저도 단지 그들의 생계를 위한 수단으로 전락하고 말았음을 알 수 있다.

미요시 유키오(三好行雄)는 "류노스케가 그린 〈라쇼몬〉은 죽음의 세계, 아닌 죽어가는 세계의 상징하고 있다. (중략) 하인을 추방하는 세계가 아직 존재해 있다고 하더라도 라쇼몬의 시간과 공간은 확실히 병들어 있다. 게다가 패배자는 죽음과 파멸의 예감에 가득 찬 세계를 헤매고 있다. (중략) 「라쇼몬」은 그 하인에 있어 삶으로의 귀환에 관한 이야기이다"[5]라고 서술한 바와 같이, 현재 라쇼몬 세계는 사회 붕괴에 따른 피폐상과 함께 주위에 시체를 버리는 습관마저 생긴 말하자면 죽음이 가득한 세계이다. 그러므로 이러한 현실에 놓은 하인에게 신(神)은 더 이상 인간에게 구원해 줄 수 없으며, 이러한 신의 부재[6]는 결국 신의 가르침, 인간이 살아가는 동안 지켜야 할 행동규범이나 도덕, 윤리 등의 부재 또한 초래하고 있다. 그런 까닭에 하인은 누구도 자신을 구원해 줄 수 없는 상황에서 다만 비 내리는 하늘을 바라보

5) 三好行雄, 『芥川龍之介論』, 筑摩書房, 1976, p.60. 또한 이시와리 도루(石割透)도 라쇼몬에 나타난 현실 세계를 "난세의 시대, 윤리나 도덕이 붕괴하고, 게다가 어떤 짓을 해도 용서되는 자유로운 시대"(石割透, 『芥川龍之介－初期作品の展開－』, 有精堂, 1985, p.77)라고 서술하고 있다.

6) 장 폴 사르트르, 박정태 역, 『실존주의는 휴머니즘이다』, 이학사, 2008, p.43. 예를 들어 "도스토예프스키는 〈만약 신이 없다면 모든 것이 허용될 것이다〉라고 썼습니다. 바로 이것이 실존주의의 출발점입니다. 실제로 신이 없다면 모든 것이 허용되고, 따라서 그 결과 인간은 홀로 남겨지게 될 것입니다. 왜냐하면 이 경우 인간은 자기의 안에서도, 또 자기의 밖에서도 그가 매달릴 만한 그 어떤 가능성도 찾을 수 없기 때문입니다"라고 언급하고 있다.

며 '갈 곳이 없어 어찌할 바를 모르고 있었'던 것이다. 게다가 라쇼몬 주위에는 누구도 인수할 사람이 없는 죽은 사람으로 가득하다는 사실은, 앞으로 하인이 사느냐, 죽느냐 하는 인간의 본래적 문제를 한층 더 심각하게 만들고 있다. 왜냐하면 만일 하인 자신이 죽는다 해도 천국이나 지옥에 가기는커녕 그 또한 여기 있는 시체들처럼 버려질 것으로 인식했기 때문이다.

> 하인은 무엇보다도 **당장 내일 먹고 살 길**을 어떻게든 해 보려고 - 말하자면 어찌해도 되지 않는 일을, 어떻게든 해 보려는 망연한 상념을 빠져, 아까부터 주작대로에 내리는 빗소리를 멍하니 듣고 있었다. (중략) **어찌해도 되지 않는 일을, 어떻게든 하기 위해서는 수단을 가릴 겨를이 없다**. 가리다간 담벼락 아래던가, 길바닥 위에서 굶어 죽을 뿐이다. 그리하여 이 문 위로 실려 와, 개처럼 버려지고 말 뿐이다.
>
> (진한 색 - 인용자)

이처럼 누구의 도움도 받지 못한 채 라쇼몬에 홀로 있는 하인은 앞으로 어떻게 살아가야 하는가에 대한 삶 문제와 대면하게 된다. 하인에게 기존의 도덕이나 윤리와 같은 선악 개념은 이미 설득력을 잃고 있다. 도덕이나 윤리와 같은 선악 개념도 결국 인간이 사회구성원으로 살아갈 때 지키고 판단할 문제이지, 지금과 같이 죽음에 둘러싸인 상황에서는 살아 남기위한 어떤 도움도 되지 않기 때문이다. 그러므로 하인이 살기 위해 어쩔 수 없이 도둑이 되어야 한다는 정당성을 획득한다. 사실 하인이 고민하는 선악 문제(수단 방법을 가리는 일)는 단지 그가 산다는 전제 - 신이 존재한다는 전재 - 위에서 지켜야 할 규범일 뿐이다. 오히려 지금 선악 문제를 생각한다는 자체가 자기기만에 불과한, 양자택일의 문제가 아닌 도둑이 되어서라도 살아야 한다는 인간의 실존 문제와 관련이 있다고 보아야 할 것이다.

다시 말해 선악 개념이 기존 사회의 도덕이나 윤리에 의해 규정된 것이기에, 지금 하인에게 놓인 상황, 즉 신이 부재한 현실에서 사느냐 죽느냐 하는 근본 문제와 관련지어 생각해 볼 때, 이젠 죽음은 나쁜 일이며 악(悪)인 반면, 살아가는 것이 좋은 일이며 선(善)이라는 새로운 가치 체계(선악 개념) 정립이 보다 타당성을 얻고 있다.

> 하인은 목을 움츠리면서, 황색 홑옷에 겹쳐 입은 감색 겹옷의 어깨를 치켜세우며 문 주위를 둘러보았다. 비바람 걱정이 없이, 남의 눈에 띌 염려가 없는, **하룻밤 편히 잘 수 있을 만한 곳**이 있다면 거기가 어디든 밤을 새우려고 생각했기 때문이다. (중략) **그 사다리 맨 아랫단에 밟고 올라가기 시작했다.** (진한 색 - 인용자)

따라서 하인이 문 위로 올라가는 행위, 추위에서 벗어나 하룻밤 편안히 쉴 수 있는 곳을 찾으려는 행위는 그가 살아있다는 증거인 동시에 인간의 삶에 대한 본능이자 선한 행위라고 보아야 한다. 이러한 삶의 증거는 아직 그가 굶어 죽을 것인가? 도둑이 될 것인가? 하는 고민 속에서도 삶을 향한 주체적 의지이며, 나아가 다가올 미래 혹은 운명을 위해서 자신의 삶을 스스로 만들어 가지 않으면 안되는 실존적 존재라는 것을 뜻하기도 한다.

2. 라쇼몬 세계에서 '용서할 수 없는 악(惡)'

문 위로 올라가는 하인은 자신의 삶을 찾기 위해, 지금보다 나은 곳으로 자연스럽게 이동한다. 그리고 이것은 어쩌면 현재 하인이 당면한 죽음 문제에 대한 해결 방안이기도 하다. 그런데 하인은 사다리를 타고 올라가면서 우연히 노파와 마주치게 되고, 노파의 행위를 통해서 그녀를 '용서할 수 없는 악(惡)'으로 규정하고 있다.

> 머리카락이 한 개씩 빠질 때마다 하인의 마음속에선 공포가 조금씩 사라져 갔다. 그리고 그와 동시에 이 노파에 대한 격렬한 증오가 조금씩 밀려 왔다. - 아니, '이 노파에 대한'이라고 말하면 어폐가 있을지도 모른다. (중략) **하인은 물론 노파가 어째서 죽은 사람의 머리카락을 뽑는지 알지 못했다. 따라서 합리적으로는 그의 행동을 선악의 어느 쪽으로 정해야 좋을지 알지 못했다.** 그러나 하인에게는 이 비오는 밤에, 라쇼몬 위에서 죽은 사람의 머리카락을 뽑는다는 행위는 그것만으로도 이미 **용서할 수 없는 악**(惡)이었다. 물론 하인은 조금 전까지 자신이 도둑이 될 생각 따위는 아예 잊고 있었다. (진한 색 - 인용자)

여기에 주목해야 할 점은 하인이 문 위에서 노파가 시체에서 머리카락을 뽑는 행위를 보고 도대체 무엇이 '용서할 수 없는 악(惡)'인가 하는 것이다. 시미즈 야스지(清水康次)는 "하인이 노파의 행위를 〈용서할 수 없는 악〉으로 느낀 것은 그것이 요괴의 행위였기 때문이 틀림없다. 인간이 요괴에 대해 갖고 있는 말하자면 본능적인 거부이고,

그곳에 합리적인 선악 판단이 있을 리가 없다"[7]고 서술하고 있다. 하지만 과연 문 위에서 노파의 행위가 요괴의 행위[8]인가 하는 의문점이 있다. 왜냐하면 하인은 문 위를 올라오면서 시체만 있을 것이라는 예상과 달리 살아있는 노파가 있다는 사실에 대한 놀라움과 아직 그녀의 행위가 기존의 선악으로 판단할 수 없기 때문이다.

그렇다면 하인이 무엇 이유로 노파의 행위에서 '용서할 수 없는 악'을 느꼈는지 생각해 볼 필요가 있다. 애초에 그가 문 위에 올라 온 목적은 하룻밤 편안히 보내기 위해서였다. 이것은 죽느냐 사느냐 결정하지 못한 상황 – 하인의 '용기'의 부족 – 에서 미약하나마 하인의 주체적 삶의 의지이자, 선한 행동이기도 하다. 더욱이 하인은 올라오기 전부터 문 위에 죽음 사람이 있음을 알았기 때문에 그들과 하룻밤을 보낸다는 것을 악이라고 보긴 어렵다. 그렇다면 역시 '용서할 수 없는 악'이란 시체들 가운데 살아 있는 노파의 존재 아니면 노파가 시체의 머리카락을 뽑는 행위에 있다고 볼 수 있다. 그런데 흥미로운 사실은 아직 하인이 노파가 무슨 이유로 머리카락을 뽑는지 모른다는 점이다. 그러므로 노파의 행위도 악이라 말할 수 없으며, 게다가 "'이 노파에 대한'이라고 말하면 어폐가 있을지도 모른다"라고 서술한 대로 노파의 존재 자체 또한 악이라고 할 수 없다. 이처럼 하인은 문 위에 노파가 있다거나 그녀가 시체의 머리카락을 뽑는 행위를 '용서할 수 없

---

7) 志村有弘 編, 清水康次, 「『羅生門』試論」,『芥川龍之介「羅生門」作品論集成 I』, 大空社, 1995, p.282.

8) 노파의 말에 의하면 현재 자신이 머리카락을 뽑고 있는 죽은 여자도 살아 있을 때는 뱀고기를 말려 건어포라고 속여 팔았다고 점에서, 노파의 행위나 죽은 여자의 행위가 요괴의 행위라고 보기 보다는 오히려 기존의 도덕이나 윤리가 파괴되고 신이 부재된 세계에서 일상적인 행위라고 보아야 할 것이다.

는 악'이라고 생각하고 있지 않다. 따라서 하인이 느끼는 '용서할 수 없는 악'이란 과연 무엇인지 다시 한번 재검토할 필요가 있다.

결국 '용서할 수 없는 악'이란 하인의 감정 변화에서 그 진정한 의미를 찾을 수밖에 없다. 즉 하인이 노파 아니면 노파와 죽은 사람을 보는 순간 느끼던 감정은 처음에 공포였다가 점차 증오심으로 바뀌고 있다. 그리고 이 증오심은 악에 대한 반감으로까지 이어진다. 구체적으로 여기서 하인이 느낀 공포는 죽음 사람에서 오는 죽음에 대한 감정이며, 증오심은 노파에서 오는 삶에 대한 감정이라 하겠다. 그러므로 하인의 감정은 노파와 그녀의 행위를 보고 증오심을 갖게 되었고, 처음 느꼈던 감정인 공포가 줄어든 만큼 '용서할 수 없는 악'으로 확대, 발전된 것이다. 다카하시 요코(高橋揚子)는 "이 〈악〉은 생존을 위한 것이라 하지만, 도둑이 되었다는 것은 또 다른 종류의 악이기 때문에 〈용서할 수 없는 것〉이라 불릴 수 있다"[9]라고 언급하고 있는데, 사실 문 위에서 노파의 행위는 삶에 대한 행위이다. 나중에 노파는 하인에게 말한 것처럼, 그녀 또한 하인과 마찬가지로 삶을 향한 주체적 의지로 문 위에 올라 온 것에 불과하다.

결론적으로 하인이 문 위로 올라오기 전, 이미 노파 또한 살기 위해서 문 위로 올라 왔다는 사실, 다시 말해서 하인보다 노파가 먼저 문위로 올라왔다는 사실에서 하인은 노파에게 '용서할 수 없는 악'[10]을

---

9) 平岡敏夫, 高橋揚子, 『芥川龍之介』, 大修館書店, 1982, p.131. 재인용.

10) 그러한 의미에서 미요시 유키오(三好行雄)는 "하인에게 진정으로 필요했던 것은 〈용서할 수 없는 악〉을 용서하기 위한 새로운 인식 세계, 초월적인 윤리를 한층 극복하기 위한 논리임이 틀림없다"(三好行雄, 위의 책, p.63.)고 언급했지만, 사실 하인이 '용서할 수 없는 악'을 용서하기 위해 새롭고 초월적인 윤리보다는 오히려 삶의 논리 체계로 보는 것이 타당하리라고 본다.

느꼈다고 보는 것이 오히려 타당하다 하겠다.

> "이 머리카락을 뽑아서 말이야. 이 머리카락을 뽑아서 말이야. 가발을 만들려고 했지."
>
> 하인은 **노파의 대답이 의외로 평범한 사실에 실망했다.** (중략) 지금 내가 머리카락을 뽑은 여자는 말이야. 뱀을 네 치씩 잘라 말린 걸 건어포라고 속여 호위무사들 초소로 팔러 다녔어. (중략) 역시 **이렇게라도 하지 않으면 굶어 죽을 테니 어쩔 수 없이 한 짓이니까.** 그러니 이런 어쩔 수 없는 짓을 잘 아는 이 여자는, 아마 내가 한 일도 너그러이 봐 줄 거야."
>
> (진한 색 - 인용자)

다시 말해 노파가 하인에게 시체의 머리카락을 뽑는 이유를 말할 때, 하인은 그 대답에 평범하다고 생각한 것은 바로 하인이 하룻밤을 편안히 보내기 위해 올라 온 것이나, 노파가 시체의 머리카락을 뽑는 것 둘 다 살기 위한 삶의 주체적 의지와 다름이 아니기 때문이다. 그러나 하인은 자신보다 먼저 올라온 노파로 인해 문 위에서 하룻밤을 편안히 지낼 수 없음을 깨달았다. 그리고 문 위를 올라오면서 느꼈던 삶의 희망과 노력이, 일순간 다시 죽음의 세계인 문 아래도 내려가지 않으면 안되는 죽음의 공포 못지않은 좌절과 절망으로 '용서할 수 없는 악'을 느꼈던 것이다.

그러한 의미에서 처음 하인은 라쇼몬 세계로 내던져져 그래서 죽음의 세계로부터 벗어나기 위해 문 위로 올라온 것처럼, 이제는 또다시 문 위에서 노파와의 만남이라는 새로운 현실 세계로 내던져 진 것이다. 그리고 하인에게 있어서 노파와의 우연한 만남은 보다 나은 삶을 향한 주체적 의지, 구체적으로 문 아래에서 없었던 '용기'를 획득하게 된다.

3. 새로운 선악 개념과 인간의 실존

이처럼 하인과 문 위에서 노파와의 만남은 그가 문 위로 올라오면서 가졌던 삶의 의지나 희망을 좌절과 절망으로 떨어뜨리고 말았다. 하지만 그와 동시에 하인을 또다시 문 위라는 현실 세계에 내던지게 함으로써 삶에 대한 실존적 고민을 하게 된다. 게다가 노파가 굶어 죽지 않기 위해서 시체의 머리카락을 뽑았다고 하는 그녀의 삶에 대한 주체적 의지를 말한 만큼, 하인도 현재 주어진 현실 세계에서 삶을 모색하지 않으면 안된다. 그런데 이러한 하인의 삶에 향한 모색은 노파의 말을 통해 서서히 실천 행위로 나타나고 있는데, 예를 들어 그것은 하인이 느끼는 안도감이나 만족감이란 감정표현으로 구체화되고 있음을 알 수 있다.

> 하인은 비로소 **이 노파의 생사(生死)가 전적으로 자신의 의지에 달렸다라는 사실을 확실히 깨달았다**. 그리고 이러한 깨달음은 어느샌가 여태까지 매섭게 타오르던 증오의 마음을 식혀 주었다. 다만 그 자리에 남은 건 어떤 일을 한 다음에, 그것이 원만히 성취되었을 때 찾아오는 **안도감과 만족감이 있을 뿐이었다**. (진한 색 - 인용자)

하인이 느끼는 안도감과 만족감은 말하자면 노파의 삶과 죽음이 자신의 의지에 달렸다고 하는, 노파에 대한 삶의 우월적 위치에서 얻어진 감정이다. 즉 하인과 노파의 삶 관계에서 하인이 우월적 위치를 점하고 있다는 것은 그가 문 위에 올라오기 전, 노파와 시체의 관계에서 노파가 우월적 위치를 점하고 있는 것과 같은 이치이다. 그리고 여기서 우월과 열등 관계는 삶과 죽음만이 있지 기존의 선악의 개념은 필요하지 않는다. 문 위에서 우월적 위치에 있다는 것은 곧 삶의 승리이며 죽음의 패배이라는 선과 악의 등식이 성립된다. 그러므로 노파가 시체의 머리카락을 뽑음으로서 우월적 위치에 있었다면, 똑같은 논리를 적용하여 하인이 노파의 옷을 빼앗음으로써 우월적 위치에 있어도 된다고 하는 도덕적 정당성을 확보하게 된다.

이러한 삶에 대한 우월적 삶의 논리[11]야말로 하인이 문 아래에서 부족했던 '용기'를 주었을 뿐만 아니라, 문 위에서 노파를 걷어차고 옷을 빼앗는 도둑질까지 실천하게 한다.

> 그녀의 이야기를 듣고 있는 사이에, 하인의 마음에는 **어떤 용기가 생겨났다.** 그것은 조금 전 문 아래에서 이 사내에겐 없었던 용기였다. (중략) 하인은 굶어 죽을 것인가? 도둑이 될 것인가? 에 망설이지 않았을 뿐만 아니다. (중략) "그럼 내가 날강도 짓을 한다 해도 원망하지 마라. 나도 그렇게 하지 않으면 굶어 죽을 판이니까."
>
> 하인은 재빨리 노파의 옷을 벗겼다. 그리고는 발을 붙잡고 늘어지는 **노파를 거세게 걷어차 시체 위에 쓰러뜨렸다.** (진한 색 - 인용자)

---

11) 장 폴 사르트르는 "신이 없다면 우리는 우리의 행실을 정당화 시켜줄 가치나 질서를 우리의 앞에서 찾지 못합니다. (중략) 바로 이것이 내가 인간은 자유롭도록 선고받았다고 말하면서 표현하려는 것입니다"고 말하고 있다.
장 폴 사르트르, 박정태 역, 위의 책, p.44.

노파의 옷을 빼앗은 하인은 삶을 획득한 반면 하인에게 걷어차인 노파는 시체 위에 쓰러진 것으로 죽은 사람과 동일시되고 있다. 이시와리 도루(石割透)는 "노파가 보인, 삶에 대한 강한 집착 장면을 목격, 그 노파 자신의 행위를 정당화하여 죽음을 눈앞에 둔 모든 행위가 용서된다는 논리는 하인의 미래를 결정하였다. (중략) 하인은 도둑으로 재생(再生)한 것이며, 그는 도둑을 하지 않으면 살아 갈 수 없다는 인간의 삶 실상을 인식했을 뿐만 아니라 그 인식에 근거한 행동, 육체를 획득한 것으로 완결한다"[12]고 언급한 것처럼, 이제 하인이 노파의 옷을 빼앗는 도둑질은 삶을 획득하기 위한 행위[13]이며, 신의 부재 속에 현실 세계에 내던져진 인간 실존에 있어서도 악이 아닌 선한 행동으로 보아야 한다.

하지만 비록 하인이 노파를 통해 삶의 우월적 위치를 획득하였다 할지라도, 이러한 하인의 삶을 향한 용기와 실천 행위가 언제나 승리로 이어질지는 그 누구도 알 수 없다. 왜냐하면 지금 문 위에 있어서 하인과 노파와의 삶과 죽음 관계(혹은 노파와 죽음 사람과의 관계)가 문 아래로 내려가서는 바뀔 수도 있기 때문이다. 하인이 노파의 옷을 빼앗은 후 내려가면서 마주하게 되는 문 아래는 올라오기 전 현실 세계와는 다른 우연으로 가득찬 부조리[14]한 세계이며, 그러한 세계 속

---

12) 石割透,『芥川龍之介－初期作品の展開－』, 有精堂, 1985, p.79.

13) 사르트르는 "나에 대한 어떤 진리를 얻기 위해서는 이처럼 내가 타인을 거쳐야만 합니다. 타인은 나의 실존에 필수적이며, 내가 나에 대해 갖게 되는 앎에도 마찬가지로 필수적입니다. (중략) 인간이 자기가 무엇인지, 타인들이 무엇인지를 결정하는 것은 바로 이 세계 속에서입니다"라고 말하고 있듯이, 하인은 노파를 통해서 '용기' 즉 삶의 의지를 완성했다고 보아야 할 것이다.
장 폴 사르트르, 박정태 역, 위의 책, p.66.

14) 부조리: 불합리, 불가해, 모순으로 인도하는 것을 말하는 것으로, 특히 프랑스의

에서 하인은 항상 불안을 느끼며 삶을 쟁취해 나가지 않으면 안된다.

> 한참 동안 죽은 듯이 쓰러져 있던 노파가 시체들 사이에서 그 벌거벗은 몸을 일으킨 것은 그로부터 얼마 지나지 않아서였다. (중략) 거기서 짧은 백발을 늘어뜨리며 문 아래를 살펴보았다. **밖에는 다만, 칠흑 같이 어두운 밤만 있을 뿐이다.**
>
> **하인의 행방은 아무도 모른다.** (진한 색 - 인용자)

한편 노파도 역시 삶의 증거로서 하인이 내려간 문 아래로 내려가야 할 것이다. 만일 내려가지 않는다면 주위의 시체처럼 죽음만이 기다리고 있을 뿐이다. 물론 문 아래는 어둠의 세계로 주위엔 시체가 가득한, 신은 물론 도덕과 윤리가 부재한 약육강식 논리만이 통하는 죽음의 세계[15]이다. 하지만 하인에 의해 삶의 패배로 죽음의 고통을 겪었더라도 그녀는 자유 의지로 문 위에 올라 왔듯이 내려가야 한다. 그

실존주의자 알베르 카뮈가 자신의 철학적 견해를 나타내는 데 썼다. 그에 의하면 인간이나 그를 둘러싸고 있는 세계는 모두 부조리의 상태에 있고, 부조리의 상황을 만들어 내고 있다. 그리고 이러한 입장에서 인간은 반항적 인간(l'homme r volt)으로서 살아가야 한다고 주장했다. 또한 사르트르는 신이 부재하는 상황에서 인간은 우연한 존재일 수밖에 없으며 인간과 세계의 관계도 우연에 불과한 것이라고 말하고 있다.

네이버 백과사전 http://terms.naver.com/entry.nhn?cid=282&docId=387933&mobile&categoryId=282 참조.

15) 関口安義 編, 『芥川龍之介全作品事典』, 勉誠出版, 2000, pp.585 - 586. 세키구치 야스요시(関口安義)는 "그곳은 지금까지 속해 있던 질서 세계가 아닌, 무질서이면서 활기가 가득찬 자유 세계였다. 고독하지만 속박받지 않은 곳이며, 인간이 새롭게 살아가는데 어울리는 장소였다"라고 서술하고 있다. 다만 기존의 질서가 아닌 무질서한 세계는 자유세계이기는 하지만, 그렇다고 해서 활기가 넘치고 새롭게 살아가는데 어울리는 곳이라고 말하기에는 모순이 있다고 본다.

녀 또한 선과 악이 혼돈된 세계, 지옥 세계 속에 스스로 내던진 존재로써 자신의 미래가 희망과 절망으로 반복된다하더라도 살아있는 한 새로운 세계를 향해 숙명적으로 계속 앞으로 나아가지 않으면 안되기 때문이다.

이상과 같이 「라쇼몬」에 나타난 신(神)의 부재 속에서 인간 실존과 선악 문제에 관하여 살펴보았다. 작품에서 하인이 처한 라쇼몬 세계는 지진이나 화재, 기근과 같이 죽음의 세계이며, 더욱이 신의 부재는 사회규범이나 도덕, 윤리 등이 파괴된 선악의 모호해진 세계이다. 그러한 현실 세계 속에 내던져진 하인은 삶이라는 실존 문제에 있어서 살고자 하는 주체적 자유 의지로 문 위로 올라갔다. 그리고 우연히 문 위에서 노파와의 만남을 통해서 '용서할 수 없는 악(悪)'을 느끼면서도, 한편으로 노파의 말에 용기 및 도둑이 되는 도덕적 정당성을 획득한 결과, 문 위 세계에서 삶의 논리를 얻게 되었다. 또한 노파도 하인과의 삶과 죽음이란 실존 문제에서 비록 패하고 말았지만, 하인과 마찬가지로 문 아래로 내려감으로서 어둡고 희망 없는 죽음의 세계 속에서도 살아있는 동안 삶의 주체적 의지와 행위는 계속될 것이다. 즉 하인과 노파가 새로운 현실 세계에 내던져지면서도 끊임없이 삶을 지향하는 의지 속에 바로 인간의 부조리한 환경 속에 현재를 살아가는 실존적 모습이 나타나 있는 것이다.

따라서 「라쇼몬」에 나타난 하인은 신이 부재하더라도 그 스스로 삶(Live)을 지향하기 위해 부조리한 세계에 내던지는 존재이며, 그와 동시에 죄(eviL)를 지을 수밖에 없는 인간적인 실존적 한계를 보여주고 있다. 결국 니체가 "삶은 도덕에 의해 고안되지도 않았다. 삶은 기만을 바란다. 삶은 기만으로써 살고 있는 것이다"(F. W.니체, M.하이데거, 강윤철 옮김, 『니체의 신은 죽었다』〈인간적인, 너무나 인간적인〉, 휘닉스, 2004, p.139)라고 말한 바와 같이, 도덕이나 윤리와 같은 선악 개념은 인간이 사회를 구성하면서 신을 믿고 살아갈 때 그 존재 의의가 있다. 그렇게 본다면 만일 일상 사회가 붕괴되고 인간이 홀로 삶과 죽음의 경계에 서 있을 경우, 우리는 그 삶의 논리에 맞는 또 다른 선악 개념 혹은 새로운 신(神)을 만들어야 할 지 모른다.

비교학적 관점

제6장

「라쇼몬」에 나타난 '문(門)'의 시대적 변용

제6장 「라쇼몬」에 나타난 '문(門)'의 시대적 변용
-아쿠타가와의 「라쇼몬」과 구로사와의 〈라쇼몬〉-

라쇼몬은 과거 교토(京都) 중앙을 남북으로 뻗어 있는 주작대로(朱雀大路) 남쪽에 있던 정문(주작대로 북쪽에는 주작문(朱雀門)이 있다)으로 도성(洛中)을 출입하기 위한 문(門)이다. 816년에 라쇼몬이 태풍으로 무너진 뒤 다시 재건되었지만, 980년에 발생한 폭우로 인해 손상된 뒤로는 보수 공사를 하지 않고 있다가, 도시의 서남쪽 방면의 쇠퇴와 함께 나중에는 영락한 사람들이 사는 장소로 점차 황폐해져 갔다. 그 이후 라쇼몬은 치안의 악화와 더불어 밤이 되면 누구도 근처에 접근하지 않는 지역이 되었고, 마침내 버려진 시체를 이 문 위에 버리고 가는 일조차 일상화되었다고 한다. 그래서인지 옛날부터 라쇼몬에는 귀신이 사는 곳으로 구전되거나 혹은 수많은 전설이나 기담(奇談)의 소재[1]가 되어 전해져 내려오고 있다. 오늘날 라쇼몬은 그

---

1) 시무라 구니히로(志村有弘)는 "라쇼몬이라는 문은 헤이안 시대에 산 사람 이외에, 누구도 본 사람이 없다. 그럼에도 불구하고 일본인은 옛날부터 라쇼몬을 무대로 한 문학이나 예능에 친숙하였다. 라쇼몬에는 귀신이 살고 있다는 전설도, 아마 일본인

자취를 찾아 볼 수 없으며, 다만 현재 교토시 미나미구(京都市南区)에 유적을 알리는 석비만 남아 있을 뿐이다.

이처럼 중고(中古) 시대부터 오늘날에 이르기까지 일본 사람들 사이에서 라쇼몬은 인간 세계가 아닌 귀신이 사는 또 다른 세계로, 언제나 금기의 공간이자 경계의 대상으로 인식해 왔다. 그리고 1915년 아쿠타가와는 라쇼몬에 귀신이 살거나, 시체를 버려둔 곳 혹은 도둑이 있는 장소 등과 같은 전설이나 설화를 바탕으로 한 근대적 관점에서 「라쇼몬」[2]을 창작하였다. 또한 35년이 지난 1950년 구로사와 아키라(黒沢明, 1910 - 1998)는 같은 이름으로 영화 〈라쇼몬〉[3]을 만들어 현대적 관점에서 재해석을 시도하였으며, 다음 해에 베니스 영화제에서 황금사자상을 수상하였다. 〈라쇼몬〉은 배경상 아쿠타가와의 「라쇼몬」을, 그리고 내용상 주로 「덤불 속(藪の中)」(1922)을 각색한 작품

의 마음에 깊은 인상을 주었으리라 본다"고 언급하고 있다.
志村有弘, 『羅城門の怪 異界往来伝奇譚』, 角川書店, 2004, p.192.

2) 아쿠타가와는 헤이안 시대 말기에 쓰여진 설화집인 『곤쟈쿠 이야기(今昔物語)』에서 작품 소재를 찾았다. 전 31권인 『곤쟈쿠 이야기』는 天竺(인도), 震旦(중국), 本朝(일본) 3부로 구성되어 있으며 약 1000편의 설화가 수록되어 있다. 특히 아쿠타가와는 그 중 세속부(世俗部) 권 29 「羅城門登上層見死人盜人語」제 18 그리고 같은 책 권 31 「大刀帶陳賣魚嫗語」제 30를 소재로 하여 「라쇼몬」을 완성하였다. 특히 나가노 죠이치(長野嘗一)는 원전과 「라쇼몬」의 차이점에 관해서 첫째 주인공의 환경과 성격이 다르며, 둘째 죽어 쓰러져 있는 젊은 여성의 성격이 다르다. 그리고 셋째 아쿠타가와는 하인의 심리묘사를 많이 집어 넣어 묘사했지만, 『곤쟈쿠 이야기』에서는 그것이 전혀 나타나지 않는다고 말하면서, 확실히 아쿠타가와는 원작을 근대화하였다고 말하고 있다.
長野嘗一, 『芥川龍之介と古典』, 勉誠出版, 2004, pp.36 - 37 참고.

3) 영화 〈라쇼몬〉(제작은 다이에이(大映))은 구로사와 아키라 감독의 12번 째 영화로,러닝타임 88분, 흑백으로 제작되었다. 각본은 구로사와와 하시모토 시노부(橋本忍)가 썼으며, 등장인물로 미후네 도시로(三船敏郎), 교 마치코(京マチ子), 모리 마사유키(森雅之), 시무라 다케시(志村喬) 등이 있다.

이다. 게다가 두 작품의 제목에 나타난 라쇼몬이라고 하는 문(門)은 작품 구조상 공간적 배경을 이룰 뿐만 아니라, 내용에 있어서도 직, 간접적으로 등장인물이나 사건 간의 밀접한 연관성을 보여주고 있다.

그 예로 소설 「라쇼몬」(1915)과 영화 〈라쇼몬〉(1950)에 나타난 라쇼몬(門)[4]의 상징적 의미를 비롯하여, 문의 닫힘(경계) 혹은 열림(해체) 속에 나타난 질서와 혼돈, 그리고 그 문을 경계로 살아가는 인간들의 군상을 분석해 봄으로써, 근대와 현대라는 시대적 간극에 따라 라쇼몬이 어떻게 변용되고 있는지 알아보고자 한다.

1. 「라쇼몬」(門), 그 닫혀진 세계

아쿠타가와의 「라쇼몬」 첫 부분에는 하인의 등장과 함께 라쇼몬에 대한 묘사로 시작되고 있다. 사실 라쇼몬은 작품 배경인 동시에 하인에게 있어서 앞으로 그의 행동과 사건, 이른바 노파와의 만남을 이해하는데 중요한 역할을 한다.

> 어느 날 해질 무렵의 일이다. 한 하인(下人)이 라쇼몬 아래에서 비가 그치기를 기다리고 있었다.

---

4) 문(혹은 통로, Door)은 희망, 기회, 여는 것, 어떤 정황이나 세계로부터 구별되는 정황이나 세계로 이르는 통로. (중략) 열린 문은 기회와 해방을 상징한다. 또한 문(Gate)은 입구로서 문지방과 동일한 상징성을 가진다. 의사소통, 신생(新生)을 시작함. 두 세계(예를 들면 산 자들과 죽은 자들이 사는 세계)의 교류를 뜻한다.
진쿠퍼, 이윤기 옮김, 『그림으로 보는 세계문화상징사전』, 까치글방, 2007, p.106, p.146.

넓은 문 아래에는 이 남자 외에는 아무도 없었다. (중략) 왜냐 하면 최근 2, 3년간 교토(京都)에는 지진이나 회오리바람, 화재, 기근 등 재난이 연달아 일어났다. (중략) 그러자 그 황폐해진 틈을 기다렸다는 듯이 여우나 너구리가 살고 도둑이 살았다. 그리고 급기야 마침내는, 인수할 사람이 없는 죽음 사람(死人)을 이 문으로 가져와 버리고 가는 관습마저 생겼다.

공간적으로 황폐해진 라쇼몬, 시간적으로 해질 무렵(구체적으로 해가 저물어 어두워질 순간)[5]에 하인이 등장하고 있다. 그리고 하인은 시간의 흐름에 따라 밤이 되면 누구도 기분 나빠 오지 않는, 아무도 없는 라쇼몬에 혼자 비가 멎기를 기다리고 있다. 사실 하인이 여기에 온 이유는 4, 5일 전 주인집에서 해고되어 갈 데가 없어 교토 밖으로 나가려는 중이다. 하지만 좀 더 엄밀히 말하면 하인은 당시 교토가 가뭄과 전염병 등에 의하여 더 이상 도성 안의 사회 구성원으로써의 자격을 상실한 비사회인이 되었다고 보아야 한다. 그러므로 그는 도성에 거주할 자격이 박탈된 상태에서 쫓겨난 신분[6]이며, 다만 그가

---

5) 시간적으로 '해질 무렵'은 공간적으로 라쇼몬의 '문(門)'과 마찬가지로 경계라는 상징적 의미를 갖는다. 교토 도성의 안과 밖을 경계로 라쇼몬이 세워져 있듯이, 해질 무렵 또한 낮과 밤을 구분하는 역할을 한다.

6) 히라오카 토시오(平岡敏夫)는 하인과 관련해서 "하인은 교토라는 도성 공동체로부터 추방된 자로, 수도의 입구이자 출구인 라쇼몬으로 마땅히 나와야 하는 자이다. 교토라는 도성의 일상세계로부터 그 문 밖이라는 또 다른 세계를 방황, 편력하든가 아니면 이 문에서 다시 교토 도성으로 돌아가더라도 이미 그것은 정주자의 생활이 아닌, 도둑, 거지, 떠돌이 등 다른 이상한 사람(異人)으로서 있을 수밖에 없다"고 언급하고 있다. 다만 그는 다른 이상한 사람(異人)이 구체적으로 무엇을 가리키는지 언급하고 있지 않다. 志村有弘 編, 平岡敏夫, 「「羅生門」の異世界」, 『芥川龍之介「羅生門」作品論集成Ⅱ』, 大空社, 1995, p.547.

앞으로 갈 곳은 도성 내부가 아닌 외부로밖에 갈 수 없는 상황에서 라쇼몬이라는 문의 경계점에 '어찌할 바를 모르고 있었'던 것이다.

이처럼 라쇼몬은 도성 안과 밖을 나누는 경계점이며, 이것은 사회 구성원과 비구성원을 구분 짓는 동시에 일상세계와 비일상 세계의 경계이기도 하다. 특히 '해질 무렵'은 공간의 경계(도성 안과 밖)인 라쇼몬과 같이 시간의 경계(낮과 밤)를 이루면서 현재 라쇼몬에는 낮과 대비되는 밤의 세계라고 말할 수 있는데, 밤의 세계는 다름 아닌 도둑과 버려진 시체가 비일상 세계를 구성하고 있다. 그리고 이러한 비일상 세계는 도둑과 시체, 다시 말해 죄악과 죽음이 있는 무질서 세계라고 말하지 않으면 안된다.

더욱이 하인이 하룻밤 남의 눈에 띄지 않게 편안히 잘 수 있는 곳으로 올라간 라쇼몬 문 위야말로 죽음과 죄악이 가득찬 세계를 더욱 극명하게 보여주고 있다. 하인이 사다리를 타고 올라가면서 문 위는 '어차피 죽은 사람들'뿐인 곳으로, 그가 문 위에서 흔들거리는 불빛을 본 순간, "이 비오는 밤에, 이 라쇼몬 문 위에서 불을 켜고 있는 이상, 어차피 보통 사람은 아니다"고 생각하고 있다. 나아가 문 위에는 여기저기 죽은 시체들만 있는 세계이며, 만일 누군가가 있다하더라도 그것은 도성에 사는 보통 사람이 아닌, 동물(여우나 너구리, 까마귀와 같은) 아니면 귀신이라고 생각하고 있는 것이다.

예를 들어 문 위에서 하인이 시체의 머리카락을 뽑고 있는 노파와의 만남에서는 무질서 세계(죄악으로 인한 혼돈세계)가 나타나 있다.

> 하인에게는 이 비오는 밤에, 라쇼몬 위에서 죽은 사람의 머리카락을 뽑는다는 행위는 그것만으로도 이미 용서할 수 없는 악(悪)이었다.

(중략) "하기야 죽은 사람의 머리카락을 뽑는 건 필시 나쁜 짓 일게야. 하지만 여기에 있는 죽은 사람 모두 이 정도의 일을 당해도 싼 인간들 뿐이야. (중략) "그럼 내가 날강도 짓을 한다 해도 원망하지 마라. 나도 그렇게 하지 않으면 굶어 죽을 판이니까."

하인은 재빨리 노파의 옷을 벗겼다. 그리고는 발을 붙잡고 늘어지는 노파를 거세게 걷어차 시체 위에 쓰러뜨렸다.

노파가 죽은 시체에서 머리카락을 뽑는 행위는 도둑이자 악(惡)의 행위이다. 게다가 노파에 의해 머리카락을 뽑히는 시체 또한 살아있을 때 뱀을 건어포라고 속여 판 것과 같은 악의 행위를 한 여자였다. 이처럼 어두운 라쇼몬 문 위의 세계는 하인이 올라오기 이전부터 공포와 호기심이 가득한, 도성 안 보통 사람이 갖는 삶과 질서, 법이 존재하는 일상과 대비되는 비일상의 원리에 따라 움직이는 혼돈된 세계[7]인 것이다. 그러므로 하인 또한 일상세계에서 벗어난 까닭에 비일상세계에 따라 노파를 폭력으로 제압하고, 그녀의 옷을 훔치는 도둑이 될 수밖에 없다. 결국 문 위 세계는 늙은 노파와 죽은 시체 그리고 하인 모두는 보통 사람이 아니라고 볼 수 있다.

---

7) 미요시 유키오(三好行雄)는 "아쿠타가와 류노스케가 「라쇼몬」에서 그려 보인 것은 지상적, 혹은 일상적인 구제를 모두 단절된 존재악의 모습이다"고 서술하고 있다. 여기서 단절된 존재악은 다시 말해 라쇼몬이란 문(門)의 닫혀진 모습과 동시에 라쇼몬 외부에 있는 사람들을 악(悪)이라고 규정함으로써 내부에 있는 사람들과 구분하고 있음을 알 수 있다.
志村有弘 編, 三好行雄, 「無明の闇」, 『芥川龍之介『羅生門』作品論集成 I』, 大空社, 1995, p.227.

하인은 빼앗아 든 노송나무 껍질의 붉은 빛 거무칙칙한 옷을 겨드랑이에 끼고, 눈 깜짝할 사이에 가파르게 세워진 사다리를 타고 어둠 속으로 뛰어 내려갔다.

한참 동안 죽은 듯이 쓰러져 있던 노파가 시체들 사이에서 그 벌거벗은 몸을 일으킨 것은 그로부터 얼마 지나지 않아서였다. (중략) 짧은 백발을 늘어뜨리며 문 아래를 살펴보았다. 밖에는 다만, 칠흑같이 어두운 밤만 있을 뿐이다.

하인의 행방은 아무도 모른다.

문 위에서 내려온 "하인의 행방은 아무도 모른다."고 하였지만, 설령 하인(노파도 마찬가지로)이 도성 안의 일상세계로 갔다 할지라도 또다시 보통 사람에 의해 격리되어 라쇼몬 외부의 비일상 세계로 되돌아 올 수밖에 없다.

왜냐하면 이러한 비일상 세계는 자연적으로 발생하기 보다는 오히려 도성 안에서 생활하는 보통 사람들에 의해 만들어진 세계이기 때문이다. 즉 일상세계에 사는 보통 사람들은 사회구성원에서 소외된 주변부 사람들을 따로 외부로 격리시켜, 자신들의 내부 세계를 지속적으로 안전하게 결속, 유지하고자 한다. 그러한 의미에서 노파와 시체, 하인은 죄악과 죽음 그리고 약탈과 폭력이 난무한 비일상적 라쇼몬이란 외부 공간에 닫혀진 채로 감금되어 있다고 말하여야 한다.

2. 〈라쇼몬〉(門), 그 열려진 세계

아쿠타가와의 「라쇼몬」이후, 1950년 구로사와는 같은 제목으로 영화 〈라쇼몬〉을 만들었다. 사실 영화 〈라쇼몬〉은 배경상 아쿠타가와의 「라쇼몬」을, 그리고 내용상 거의 대부분 아쿠타가와의 「덤불 속」에서 취하고 있다고 이미 언급하였다. 그런데 두 작품 모두 라쇼몬을 배경으로 하여 만들었지만, 「라쇼몬」에서는 하인과 노파 그리고 시체가 등장(그 외 인물들은 등장하지 않는다)한 것과 달리, 〈라쇼몬〉에서는 하인만 등장할 뿐, 주요 인물은 「덤불 속」에 승려(旅法師), 나무꾼(杣賣), 무녀(巫女), 도둑 다조마루(多襄丸), 남편 다케히로(武弘), 아내 마사고(真砂) 그리고 그 이외에도 구로사와의 창작이라 할 수 있는 갓난아기(赤ン坊)가 등장하는데 주목할 필요가 있다. 왜냐하면 같은 문(門)이라는 공간 구조 아래에서 일어나는 일련의 사건, 즉 지금까지 살펴보았던 「라쇼몬」의 약탈, 폭력과 앞으로 논할 〈라쇼몬〉의 강간과 살인은 결과적으로 문(門)의 닫힘과 열림에 따라 상징적 의미가 변용되고 있기 때문이다.

우선 〈라쇼몬〉에 나타난 문(門)은 다음과 같이 묘사되고 있다.

1. 라쇼몬

맹렬한 소나기로 자욱하게 보이는 라쇼몬 전경.

그 아래로 비를 피하고 있는 두 사람의 그림자가 작고 어렴풋이 보인다.

그 두 사람 중 한 명은 행려승, 또 한 명은 나무꾼.

두 사람은 모두 돌계단에 앉아, 돌층계 위로 내려치는 빗줄기를 바라본 채, 뭔가 골몰히 생각에 젖어 있다.

실제 영화에서도 금방이라도 무너질 듯한 문(門)[8)]이 보이고 있으며, 다만 「라쇼몬」에서는 시간적으로 밤인데 반해, 여기서는 대낮이란 점에서 차이점을 보이고 있다. 그렇다고 하더라도 〈라쇼몬〉의 대낮조차 소낙비로 인한 연무로 등장인물들의 모습을 마치 어둠(흑백영화)과 같이 모호하게 만들어 사실상 「라쇼몬」에 나타난 문(門)과 같은 동일한 공간적, 시간적 배경 이미지를 이루고 있다고 하겠다. 그러나 이러한 동일한 작품 구조인 문(門)임에도 불구하고, 「라쇼몬」에서는 하인과 노파로 대표되는 주변부 사람들이 등장하고 있지만, 〈라쇼몬〉(주로 「덤불 속」의 과거 회상이야기)에서는 도둑인 다조마루(「라쇼몬」에서처럼 하인과 같은 도둑)를 제외하고는 하인, 승려, 나무꾼, 남편 다케히로, 아내 마사고 등과 같이 보통 사람들으로 구성되어 있다.

더욱이 「라쇼몬」의 문 위는 일상에서 격리된 세계로, 하인과 노파간의 죄악이나 죽은 사람과 같은 무질서한 세계가 나타나 있었다. 그런데 여기서 흥미로운 사실은 〈라쇼몬〉의 문 또한 주변부 사람들이 아닌 보통 사람들, 다시 말해 중심부 사람들이 대낮 덤불 속에서 강간과 살인(혹은 자살)과 같은 죄악과 죽음을 이야기[9)]하고 있다는 점

---

8) '라쇼몬'이라는 반쯤 허물어진 듯한 문은 외관상으로는 당시 시대상의 피폐함과 궁핍함을 말해주지만 보다 상징적인 의미로 인간의 불완전함을 나타낸다고 볼 수도 있다.
이정국,『구로사와 아키라의 영화세계』, 서해문집, 2010, p.97.

9) 이정국은 "폭우 속의 우울한 라쇼몬(어둠)과 더위와 햇빛 속의 숲 속이나 법정(빛)의 정반대의 이미지가 몽타주를 통해 대립되고 살인이라는 어두운 이미지의 사건

이다.

즉 나무꾼과 스님의 과거 회상에서 나타난 다조마루, 마사고, 다케히로의 혼령이 대낮 덤불 속에서 저지른 죄악과 죽음[10]은 물론이고, 현재 라쇼몬 아래에서 보통 사람들인 하인과 나무꾼 또한 다음과 같이 죄악을 저지르고 있다.

> 세 사람, 침묵에 잠긴다.
> 계속 내리는 비 -
> 그 빗소리 사이로, 뭔가 우는 소리가 들려온다.
> 세 사람, 귀를 기울이다.
> (중략)
> 하인이 버려진 갓난아이의 옷을 벗긴다.
> 나무꾼 "무슨 짓이야!!"
> 라고 말하고 화내며 하인을 밀친다.
> (중략)
> 하인 "심하다니?… 어차피 이 옷은 누군가 벗겨 갈 거라구… 내가 가져가는 게 뭐가 나빠?"
> 나무꾼 "자, 자넨 괴물이야."

이 오히려 햇볕이 내리쬐는 밝은 대낮에 일어나게 하는 것은 내용의 극적 상황을 심리적으로 강화시켜주는 역할을 한다"고 언급하고 있다.
이정국, 위의 책, pp.104 - 105.

10) 「덤불 속」에 등장하는 주인공 다조마루, 마사고, 다케히로가 법정(게이비시 관청) 앞에서 말한 진술을 통해 결국 보통 사람이 죄(혹은 악을 범한다)를 짓는다는 사실을 긍정함과 동시에 죄를 지어도 인식할 수 없다고 하는 죄 인식의 부재 속에 인간성을 긍정하는 근대적 인간성을 보여주고 있다.
윤상현, 『神이 되고자 했던 바보 아쿠타가와 류노스케』, 지식과 고양, 2011, pp.111 - 158 참조.

하인 "괴물?… 내가 괴물이라면 이 갓난아이 부모는 뭐지?"
나무꾼 "…"

비가 내리는 와중에 문 아래에 있던 하인은 갓난아이의 옷을 훔치려고 한다. 그리고 나무꾼이 그것은 막으려 하자, 하인은 "… 흥, 이기적인 게 뭐가 나빠… 인간이 개를 부러워하는 세상이야… 이기적이지 않은 놈이 살아갈 수 있는 세상이 아니라구."라고 말한다. 이는 「라쇼몬」에서 하인과 노파와 같은 주변부 사람 간의 죄악과 죽음이 나타나 있었던 것이, 이제는 〈라쇼몬〉에서도 보통 사람에 의해 그대로 재현되고 있다고 보아야 한다. 다시 말해 법과 윤리, 도덕, 관습 등 질서를 구성하며 일상세계를 영위하였던 중심부 사람들이 그 동안 닫혀있던 라쇼몬이 열림으로서 무질서와 파괴, 죽음 등과 같은 비일상 세계로 탈 중심화, 혹은 주변부로 혼재되는 양상[11]을 엿볼 수 있다.

사실 이제까지 「라쇼몬」(門)은 그 문을 경계로 해서 도성 안(중심부 사람들이 사는 일상세계)과 밖(주변부 사람들이 사는 비일상 세계)이 보통 사람에 의해 주변부 사람을 격리해 왔다. 하지만 〈라쇼몬〉(門)에 와서는 이러한 두 세계가 열리는 것과 동시에 해체되면서 일상세계

11) 미셸 푸꼬는 그의 저서『광기의 역사』에서 "악은 감금의 공간에서 탄생하여 그곳에서부터 확산되었다. 또 하나의 공포의 지대가 형성된 것이다. (중략) 사람들은 감금수용소에서 발생하여 곧 시 전체를 위협하는 어떤 신비한 질병을 두려워하기 시작했다. (중략) 감금수용소는 단지 도시 외곽에만 자리한 나환자 수용소는 더 이상 아니었다. 그것은 시 중심을 위협하는 나병 자체였다. (중략) 사람들이 감금을 통해서 배제시키고자 했던 악은 대중에게 공포를 불러일으키면서 환상적인 모습으로 다시 나타났다. (중략) 이 상상들은 도덕의 붕괴와 육체의 타락과도 관계가 있었으며, 수감자들에 대한 동정심과 혐오감 모두의 토대였다"고 서술하고 있다.
미셸 푸꼬, 김부용 옮김,『광기의 역사』, 인간사랑, 1999, pp.259 - 260.

마저 비일상 세계화되고 마는, 도성 밖에 있던 죄악과 죽음이 도성 안까지 이르고 만 것이다. 더욱이 〈라쇼몬〉은 영화 촬영 기법상 등장인물들이 재판관(카메라 앞)에서 제각기 증언하는 구도로 되어 있는데, 이는 영화를 감상하는 관객들 또한 재판관(게비이시)과 같은 위치에 있게 함으로써 시간과 공간을 초월해 영화를 보는 보통 사람들[12]이 사는 세계 또한 비일상 세계(주변부 사람)로 확대, 변용시키고 있다고 하겠다. 결국 아쿠타가와의 「라쇼몬」은 닫혀진 문으로 인해서 일상과 비일상이 분리된 세계인데 반해, 구로사와의 〈라쇼몬〉은 그 경계를 없애버림으로서 보통 사람들이 일상세계에서도 죄악과 범죄를 저지르는 비일상적 모습을 나타내고 있다.

이것은 당시 구로사와가 살던 일본의 전후(戰後) 상황을 라쇼몬으로 상징화하면서, 일본의 패전 이후 전쟁에 희생된 사람들이나 당시 무질서한 사회 심리, 불안 등 피폐된 사회상을 영화를 통해서 보여주고자 하였던 것은 아닌지 유추해 볼 수 있다.

3. 라쇼몬(門), 다시 닫혀진 세계로

이처럼 1945년 태평양 전쟁 패전 이후 〈라쇼몬〉(門)은 일상과 비일상 세계로 경계(닫힘)된 것이 아닌, 해체(열림)되어 교토 안까지 비

12) 이정국은 영화 〈라쇼몬〉과 관련해서 "증언자들이 약간 올려다보며 진술하는 모습은 재판관을 보며 하는 것이지만, 그건 마치 영화 관객에게 진술하는 것과 같은 효과를 준다. (중략) 그와 같은 양식화된 테크닉에 의해 교묘하게 관객을 영화 속의 일부로 참여시키고 있다"라고 언급하고 있다.
이정국, 위의 책, p.102.

일상 세계가 확대되고 있다. 그와 함께 다케히로, 마사고를 비롯하여 하인, 나무꾼 등 중심부 사람들도 하인과 노파와 같은 주변부 사람들처럼 죄악과 살인을 저지르며 더 이상 법과 질서가 없어진 상태에 이르고 있다.

> 하인 "이봐… 여자가 갖고 있던 단도는 어떻게 한 거야… 자개를 새겨 넣은 훌륭한 물건이라고 다조마루도 말했었지. 그 단도는 어디로 간 거야… 풀 속에 떨어진 채 사라져 버렸다고 말하려는 거야… 훗… 네가 훔치지 않으면 누가 훔쳤지?"
> 나무꾼 "…"
> 하인 "하하하… 어쩐지 제대로 맞춘 거 같군… 하하하… 도둑인 주제에 날 도둑 취급하는 거야말로 이기적인 거야… 하하하."

나무꾼에게는 아내와 여섯 명의 자식이 있으며, 가족을 위해서 매일 도성 밖 산에 가서 나무를 베어 팔아 생계를 유지하지 않으면 안된다. 그러나 일상세계가 파괴되어 죄악과 살인이 난무한 지금, 평소와 같은 나무꾼으로 생계를 유지할 수 없다. 아니, 부모가 굶주림 때문에 갓난아이를 버린 것처럼, 자신 또한 언젠가 굶주림 때문에 자식을 버리던가 아니면 단도를 훔치는 것과 같은 도둑질을 적극적으로 긍정하여야 한다. 이것은 흡사 「라쇼몬」에서 문 아래에 있었던 하인이 굶어 죽을 것인가? 아니면 도둑이 될 것인가? 고민하던 상황과 유사하다.

그런데 구로사와는 현 라쇼몬(門)에 나타난 일상의 비일상화(다케히로를 둘러싼 살인 혹은 자살이나 나무꾼의 도둑질, 스님의 불신 등 무질서한 세계)에서 작품을 끝내는 것이 아니라, 여기에 갓난아이를 등장시키는 것에 의해 여태껏 열린 문을 닫는 것과 동시에 일상세계로의 전환을 시도하고 있음을 알 수 있다.

갓난아이가 또 칭얼대기 시작한다.
나무꾼, 고개를 든다.
지그시 행려승의 팔 안에서 칭얼대는 갓난아이를 바라본다.
잠시 망설이지만, 이내 행려승에게 다가가 갓난아이를 안으려 한다.
행려승, 겁먹은 듯 갓난아이를 껴안고 뒤로 물러선다.
"무슨 짓이야!! 이 갓난아이 속옷마저 뺏을 셈인가?"
나무꾼, 스님을 슬픈 듯이 본다.
그리고 조용히 고개를 젓는다.
(중략)
나무꾼 "그렇게 생각해도 무리가 아니죠… 요즘처럼 사람을 의심하지 않고는 살 수 없죠… 부끄러운 것은 저요… 나조차 내 마음을 알 수 없으니."
행려승 "아니, 고마운 일일세… 자네 덕분에 난 사람을 믿을 수 있게 되었어."
(중략)
나무꾼, 행려승으로부터 갓난아이를 받아 안고는, 낙숫물을 피해 간다.
그 낙숫물 사이로 엷은 햇살이 비친다.
라쇼몬의 전경 - 갓난아이를 안고 떠나는 나무꾼을 전송하는 행려승. 그들에게 석양빛이 가득 비추고 있다. (F.O)

갓난아이가 칭얼대는 소리 그리고 나무꾼의 행동과 말에서 스님이

믿음을 얻었다는 것은, 바로 일상세계에 존재했던 삶과 희망이다. 특히 여기서 막 태어난 갓난아이의 생명과 순진무구함은 아직 죽음과 죄악(비일상 세계)을 모르는 것을 의미하며, 칭얼거리며 우는 소리는 마치 비를 멈추게 하는(아니면 어둠을 몰아내는) 역할을 한다. 실제 영화에서도 나무꾼이 스님으로부터 갓난아이를 건네받고 라쇼몬 아래에서 나갈 때, 갓난아이를 안고 가는 나무꾼에게 석양이 비추는 것으로 마무리되고 있다. 이것은 하늘이 개이고 화면 전체를 비추는 석양빛(낮과 밤의 경계)은 비일상 세계로 해체되었던 일상세계가 죽음에서 삶으로, 절망에서 희망으로 치환되는 것을 상징적으로 의미하기도 한다. 따라서 라쇼문(門)이 닫혔다고 보아야 할 것이며, 이는 라쇼몬(門)을 경계로 도성 안과 밖이 원래의 일상과 비일상 세계로 되돌아 간 것이라고 보아야 할 것이다.

이상과 같이 작품에 등장하는 라쇼몬은 먼 과거로부터 현재에 이르기까지 다양한 상징적 집합체로서 전해져 내려오고 있다. 사실 문(門)이란 닫히거나 열린다(혹은 통로의 역할)고 하는 일차적 의미뿐만 아니라, 내부와 외부로 나누어 경계를 형성한다는 면에서 이차적 의미도 포함하고 있다. 그리고 문은 그 폐쇄적 성격으로 인하여 내부의 안전과 평화를 위해 외부의 침입을 막는 역할을 하기도 하지만, 경우에 따라서는 아쿠타가와의 「라쇼몬」에 나타난 바와 같이 오히려 그 반대로 내부의 질서 유지를 위해 사회 부적격자, 이를테면 도둑이나 광인(狂人), 시체 등과 같은 일상세계의 보통 사람으로부터 소외된 주변부 사람을 문 외부로 격리시켜 차단과 감금의 역할을 하기도 한다. 한편 문은 그 개방적 성격도 동시에 내포하고 있는데 문 밖의 주변부 사람, 혹은 그들의 비일상성이 문 안으로 들어와 서로 간의 정체성이 해체되는 경우도 있다. 즉 구로사와의 〈라쇼몬〉에 나타난 보통 사람들의 죄악과 살인은 바로 일상(중심부 사람)과 비일상(주변부 사람) 세계의 혼재된 양상을 보여주기도 한다.

그렇게 본다면 라쇼몬(門)은 시대의 흐름이나 사회의 변화에 따라 때로는 죽은 사람과 귀신이 있는 장소로, 또는 도시 내부의 질서와 안전을 위한 경계의 공간으로, 아니면 그 경계의 해체로 무질서와 같은 혼재된 공간으로, 고정된 것이 아닌 다양한 상징성을 지닌 채 변용해 가고 있다고 말할 수 있다.

비교학적 관점

제7장

히노 아시헤이의 「라쇼몬」에 나타난 허구세계

제7장 히노 아시헤이의 「라쇼몬」에 나타난 허구세계

-1940년대 '라쇼몬'의 시대적 재현-

1946년 8월 히노 아시헤이(火野葦平)[1]는 『규슈문학(九州文学)』에 「라쇼몬」〈부제, '전설'의 1장〉을 발표하였다. 이것은 아쿠타가와의 「라쇼몬」(1915)과 같은 제목으로, 시무라 아리히로(志村有弘)가 지적[2]한 바와 같이 구성이나 내용면에서 대부분 아쿠타가와의 「라쇼몬」을 복사한 작품이다. 다만 두 작품의 두드러진 차이는 아쿠타가와의 경우 하인과 노파가 등장하는데 반해, 히노는 하인과 노파 이외에 상상 속의 동물인 갓파(河童)를 등장시키고 있다는 점이다. 즉 아쿠

1) 히노 아시헤이(火野葦平, 1907 - 1960)는 본명 다마이 가츠노리(玉井勝則)로 기타큐슈시 와카마츠구(北九州市若松区) 출생. 1937년 중일 전쟁에서 태평양 전쟁에 이르는 작가로 활약, 출정 전에 그가 쓴 『분뇨담(糞尿譚)』이 다음 해 제 6회 아쿠타가와상(芥川賞)을 수상하였다. 그 후 보도부(報道部)에 전속되어 전쟁 와중에 병사들의 생생한 인간성을 묘사한 작품을 잇따라 발표하여 인기작가가 되었고, 태평양전쟁 중 각 전선(戦線)을 다니며 종군작가로써 활약하였다. 전쟁이 끝난 후에는 전범 작가로써 전쟁 책임을 추궁당해 1948년부터 1950년까지 공직 추방당했다.

2) 志村有弘, 『羅城門の怪』, 角川書店, 2004, p.212.

타가와는 작품에 등장하지 않지만 1인칭 관찰자가 하인과 노파를 객관적으로 서술한다면, 히노는 작품에 직접 등장한 갓파에 의해 갓파 자신은 물론 하인과 노파를 주관적으로 서술하고 있다.

특히 여기서 주목하고자 하는 것은 과연 히노가 무슨 이유로 거의 30년이나 지난 아쿠타가와의「라쇼몬」을 1946년 시점에서 다시 재생산할 필요가 있었는가 하는 점이다. 히노가 평소 아쿠타가와를 존경하는 작가[3]로 생각한 것도 있지만, 1946년 시점에서「라쇼몬」을 리메이크한 것을 보면 그 나름대로 어떤 필요성, 예를 들어 히노 스스로가 "전쟁 중에도「하얀 깃발(白い旗)」,「센겐다케에서(千軒岳にて)」등 갓파 작품을 연이어 썼다. 길고도 무시무시한 전쟁은 패전으로 끝났지만 내가 사랑하는 갓파는 다행이 살아남았다. 그리고 전쟁 후에도 기회가 있을 때마다 나는 갓파를 계속 써왔는데, 지금 모아보니 최신작「신부와 표주박(花嫁と瓢簞)」까지 모두 모아 43편, 400자 원고용지로 1000매가 넘었다"[4]고 술회하는 바와 같이, 그것은 아마도 그가 겪었던 전쟁 경험이나 참상을 '라쇼몬' 세계를 통해서 과거가 아닌 현재로 다시 재현된 것은 아닌지 유추된다.

따라서 1940년대 히노의 전쟁 체험을 통해 그가 그리고자 했던 라쇼몬 세계, 다시 말해 주인공 갓파가 바라본 하인과 노파 등 일련의 인간 군상들의 지옥적 모습을 규명하여, 각 시대적 간극마다 라쇼몬 세계가 어떻게 변용되어 갔는지를 살펴보고자 한다.

---

3) 히노는 1960년 1월 24일 〈HEALTH MEMO〉 속에 "아쿠타가와 류노스케와는 다를지도 모르나, 어떤 막연한 불안 때문에 죽습니다. 미안합니다. 용서해 주세요. 안녕"이라는 유서를 남기고, 아쿠타가와가 자살한 방법과 같이 수면제 과다복용으로 자살하였다.

4) 火野葦平,『河童曼陀羅』, 国書刊行会, 1984, p.564.

1. 라쇼몬 세계의 현시성

아쿠타가와의 「라쇼몬」은 『곤쟈쿠 이야기』 권 29 제 18 〈라쇼몬 문 위로 올라가 시체를 본 도둑이야기〉와 권 31 제30에 있는 〈다테와키(太刀帶) 초소에 생선을 판 노파이야기〉를 소재로 하여 쓰여진 작품이다. 다만 라쇼몬 세계, 특히 문 위에 있는 시체 묘사는 원전엔 없는 아쿠타가와의 의학 해부실 견학[5] 경험이나 상상에 의한 것이지만, 이것 또한 어디까지나 간접적, 관념적 묘사라고 할 수 있다.

> 그 시체들은 모두 일찍이 살아 있던 인간이라는 사실조차 의심스러울 정도로, 흙을 짓이겨 만든 인형처럼 입을 벌리거나 손을 뻗으며 뒹굴뒹굴 바닥 위로 너부러져 있었다. 더구나 어깨나 가슴 같이 튀어나온 부분은 어렴풋한 불빛을 받은 탓에 움푹 들어간 부분의 그림자를 한층 어둡게 하여 영원히 벙어리마냥 말이 없었다.

나가노 조이치(長野嘗一)는 "주제 소설로 너무나 지나치게 정리되어 있기 때문에, 만들어진 것이라는 느낌을 주어 인생의 실감이 부족하다. 이러한 점은 아쿠타가와 문학 전체에 공통된 약점으로 자주 평론가가 지적한 것"[6]이라고 언급한 바와 같이, 여기에 나타난 시체 묘사

5) 1914년 3월 10일 아쿠타가와는 이가와 쿄(井川恭)에게 보낸 편지에서 "한 일주일 전에 스가모(巣鴨)에 있는 정신병원에 갔더니 (중략) 그 다음에 의학 해부를 보러 갔다. 20구의 시체에서 발산하는 악취에 질리지 않을 수 없었다" 그리고 "그는 시체를 바라보고 있었다. 그것은 그에게 어느 단편을, - 왕조시대를 배경으로 한 어느 단편을 완성하기 위해서 필요하였던 것이 틀림없다"(「어느 바보의 일생(或阿呆の一生)」)고 서술하고 있다.

6) 長野嘗一, 『芥川龍之介と古典』, 勉誠出版, 2004, p.45.

는 아쿠타가와가 직접 의학 해부실에 견학한 것이라고는 하나, 그것은 어디까지나 그가 상상한 것을 기초한 작위적인 묘사라 할 수 있다.

이에 반하여 히노가 그린 라쇼몬 세계는 아쿠타가와의 「라쇼몬」과 거의 유사하게 묘사되어 있으면서도 아쿠타가와와는 달리 기존의 라쇼몬 세계에다 다음과 같은 세 단어를 새롭게 첨가함으로써 직접적, 실증적 묘사를 나타내고 있다.

> 어느 날 해질 무렵의 일이다. 한 마리 **갓파**가 라쇼몬 아래에서 비가 그치기를 기다리고 있었다. (중략) 최근 2, 3년간 교토에는 지진이나 회오리바람, **가뭄**, 화재, 기근 등 재난이 연달아 일어났다. 그런 까닭에 교토 도성 안의 피폐상은 이만저만이 아니었다. (중략) 그러자 그 황폐해진 틈을 기다렸다는 듯이 여우나 너구리가 살고, 도둑과 **매춘녀**가 살더니 급기야 갓파마저 와서 살게 되었다. (진한 색 - 인용자)

여기에 나타난 '갓파', '가뭄', '매춘녀'라는 세 단어는 어떤 의미에서 단순히 첨가한 것에 지나지 않는, 혹은 시무라 아리히로가 "(히노가 - 인용자) 주인공을 〈하인〉이 아닌 〈갓파〉로 한 이상 〈가뭄〉이라는 한 단어를 부연해 넣어야 한다. 그것에 의해 갓파가 라쇼몬에 살아야 하는 이유를 정당화하고 있다"[7]고 서술하고 있는 것처럼, 작품의 개연성을 높이기 위한 하나의 장치인지도 모른다. 하지만 그러기에는 히노가 굳이 아쿠타가와의 「라쇼몬」을 그대로, 그것도 자칫 비난의 위험을 감수하면서까지 모방한 창작 동기로서는 설득력이 부족하다.

---

7) 志村有弘, 위의 책, p.213.

오히려 히노 자신이 언급한 "갓파가 함부로 날뛴다 함은 대체로 난세(亂世)이던가, 아니면 현재 갓파가 출몰하는 것은 나쁜 정부나 대신(大臣), 어리석고 못난 정치가들이 한데 뭉쳐 국민을 괴롭히는 악정(惡政) 시대이기 때문이 틀림없다"[8]고 언급한 대로, 갓파의 출현은 당시 시대적 상황, 구체적으로 작가가 사는 현실과 무관하지 않다는 것을 말해준다.

더욱이 다음 장에 구체적으로 언급하겠지만, 히노 작품에 나타난 시체 묘사를 아쿠타와와의 작품과 비교해 보면, 단순히 인형처럼 인위적으로 시체들을 배열해 놓은 것이 아니라, 시체가 부패하며 쌓이면서 마치 한 덩어리의 유기물화 되어 내뿜는 열기와 썩은 냄새를 있는 그대로 나타내고 있음을 알 수 있다.

> 여우와 너구리 따위 동물들이 사는 것은 말할 상대가 있어 나쁘지 않았고, 도둑이나 매춘녀가 사는 것도 모른 척하면 그만이지만, 정말이지 질색인 것은 이 문에 인수할 사람이 없는 죽음 사람을 가져와 버리고 가는 것이었다. 기아에다 전염병마저 유행하여 교토 도성 안에는 연일 수 십 명의 인간이 죽어갔지만, 그들 시체를 여기에 옮겨온 습관이 생기면서, 날마다 시체가 쌓여 그 처참한 몰골과 썩어 짓무른 냄새는 견디기 힘들었다.

사실 히노는 1937년 9월 하사로 군대 징집된 이듬해 1938년 3월 『분뇨담』으로 제 6회 아쿠타가와상 수상을 계기로 본격적인 작가생활을 시작하였다. 그리고 중일 전쟁 때 보도부에 전속되어 전쟁 와중

---

8) 火野葦平, 위의 책, p.563.

에 병사들의 생생한 인간성을 묘사한 작품[9]을 잇달아 발표하였고, 특히 그는 1945년 8월 6일 히로시마(広島)와 8월 9일 나가사키(長崎) 원폭 경험을 하였다. 그러므로 히노가 겪은 전쟁이나 원폭 경험과 같은 난세는 그가 바라본 현실이 바로 죽음의 세계였던 것이다. 다시 말해서 히노는 자신이 겪었던 전쟁 경험, 즉 사방에 시체가 흩어진 것을 비롯해 가뭄 속에 더위와 굶주림, 혹은 매춘녀나 전염병 등 갓파를 통해 그대로 라쇼몬 세계에 재현하고 있는데, 이것은 라쇼몬 세계가 단순히 과거의 일회성이 아닌 현재의 반복적 성격을 갖는 이유이기도 하다.

이와 같이 히노는 비록 아쿠타가와의 「라쇼몬」을 모방하였다고는 하나, 그것을 있는 그대로 재현하기 보다는 '가뭄'이나 '매춘녀'와 '갓파'와 같은 단어를 새롭게 이입시킴으로써 과거 헤이안(平安)시대의 라쇼몬 세계가 아닌, 현대 시기의 새로운 라쇼몬 세계를 구축하였다고 볼 수 있다. 나아가 히노는 이러한 라쇼몬 세계를 시간적으로는 물론 앞으로 논할 공간적으로도 해체시킴으로써 지옥세계를 더욱 확장시키고 있음을 알 수 있다.

2. 확장된 라쇼몬 세계

주지하다시피, 아쿠타가와의 「라쇼몬」은 주인공 하인과 노파의 등

9) 히노는 전쟁 경험을 바탕으로 3부작 『보리와 병사(麥と兵隊)』(1938),『흙과 병사(土と兵隊)』(1938), 『꽃과 병사(花と兵隊)』(1939)를 발표하였다.

장을 시작으로, 일련의 사건이 라쇼몬이라는 공간을 배경으로 전개되고 있다. 구체적으로 지진이나 화재, 기근 같은 재앙으로 황폐해진 라쇼몬에다 인수할 사람이 없는 죽은 사람을 가져와 버리거나, 문 위에서 죽은 시체의 머리카락을 뽑는 노파의 행위 그리고 작품은 하인이 노파의 옷을 빼앗아 도망치는 일 등 모두가 라쇼몬이라는 한정된 공간에서 이루어지고 있는 것이다.

> 하인은 목을 움츠리면서, 황색 홑옷에 겹쳐 입은 감색 겹옷의 어깨를 치켜세우며 문 주위를 둘러보았다. (중략) 그러자 다행히 문 위 누각으로 오르는 폭 넓은 게다가 붉은 칠을 한 사다리가 눈에 띄었다. 문 위라면 사람이 있다 하더라도 어차피 죽은 사람들뿐이다.

> 그 때 하인의 눈엔 비로소 시체들 사이로 웅크리고 있던 인간을 보았다. 노송나무 껍질의 붉은 빛 거무칙칙한 옷을 입은, 키 작고 야윈 백발의 원숭이처럼 생긴 노파였다. (중략) (노파는 - 인용자) 시체의 머리를 양손으로 들더니, 마치 어미 원숭이가 새끼 원숭이의 이를 잡듯, 긴 머리카락을 한 개씩 뽑기 시작했다.

이에 관련해서 미요시 유키오(三好行雄)는 "아쿠타가와 류노스케가 「라쇼몬」에서 그려 보인 것은 지상적, 혹은 일상적인 구제를 모두 단절된 존재악의 모습이다"[10]고 말하고 있는데, 아쿠타가와는 작품 배경인 라쇼몬 이외의 공간인 교토라는 도성 안과 철저하게 격리시킴

10) 志村有弘 編, 三好行雄, 「無明の闇」, 『芥川龍之介『羅生門』作品論集成 I 』, 大空社, 1995, p.227.

으로써 라쇼몬 세계에 초점을 맞추는 동시에, 그러한 라쇼몬 세계를 인간의 본능, 말하자면 살기 위해서는 도둑을 해야한다는 것을 최대한 극적으로 표현시키는 장치로써 역할을 하고 있다. 이러한 효과는 라쇼몬 세계가 갇혀진 공간이어야 가능한 일로, 갇혀진 라쇼몬 세계는 마치 인간의 내면 깊숙한 곳에 잠재하는 본성을 이끌어 내는데 최적의 환경을 제공한다. 바꾸어 말해서 만일 라쇼몬 세계가 그와 반대로 열린 공간이라고 한다면 그 만큼 작품의 주제를 비롯한 예술적 가치 또한 성취하기 어려울 것이라 생각된다.

그러나 이에 반해서 히노의 라쇼몬 세계는 아쿠타와와 달리 갇히고 축소된 세계가 아닌 열리고 확장된 세계를 보여주고 있다. 그 두드러진 예로 라쇼몬 세계에서 보인 지옥세계가 갓파가 사는 우바구치 늪에서도 그대로 재현되고 있다.

라쇼몬에 인수할 사람이 없는 죽은 사람을 버리려온 것처럼, **우바구치 늪**에도 똑같이 죽은 사람을 가져 와 버린 것에 지나지 않았다. (중략) 남자나 여자, 노인, 어린아이가 뒤섞인 여러 시체들은 모두 기아로 인해 뼈가 드러날 정도로 야윈 채 늪에 던져져, 그 대부분은 썩어 짓물러 코끝을 심하게 찌르는 냄새를 발산하며, 구더기가 들끓어 우글우글 대는 기분 나쁜 소리를 내고 있었다. (중략) 그 산더미 같은 시체더미 밑에서부터 희미하게 신음소리가 이따금 울려온다. 아무래도 그것은 버려진 후 되살아난 자인지, 아니면 다 죽어가는 상태로 버려진 자의 단말마 신음소리처럼 생각되었다. 좀 전에 내린 빗방울은 이들 위로 흘러 모여 늪 전체가 한 개의 종양처럼 보였으며, 비는 고름처럼 괴어 있었다.

(진한 색 - 인용자)

아쿠타가와의 라쇼몬 세계가 히노에 이르러서는 라쇼몬 뿐만 아니라 우바구치 늪까지 확장되고 있는데, 이것은 히노 자신의 전쟁 체험을 통해 목격한 참상을 좀 더 사실적으로 묘사한 것이라 말할 수 있다. 시무라 아리히로는 "전시 하에서 히노가 체험한 것은 헤이안 시대의 황폐화된 인심, 다시 말해 아쿠타가와의 「라쇼몬」에서 볼 수 있는 완전히 피폐해진 세계"[11]이라고 서술한 것처럼, 히노는 종군 작가로서 중일전쟁 중 서주회전(徐州会戦)[12]을 비롯하여 태평양 전쟁은 물론, 특히 1945년 6월 19일 후쿠오카(福岡) 대공습 및 나가사키 원폭 투하의 처참한 모습 등을 라쇼몬 세계에서 극명하게 보여주고자 했던 것이다.

그것은 사람의 그림자처럼 시체 사이를 좌우로 밀어 헤치듯 우왕좌왕하며, 때로는 멈추고 뭔가를 찾는 듯 두리번거리고 있었다. 무얼 하고 있는 걸까? 그때 몸을 웅크리더니 시체 사이로 깊숙이 얼굴을 처박는 자도 있었다. 손에 쥐고 있는 횃불로 이따금 추레한 얼굴이 보인다. (중략) **우바구치 늪에 나타난 지옥도(地獄図) 그림**은 전체가 강렬한 인상으로, 마음약한 갓파의 신경을 착란 일으켜, 사고력이나 판단력이 갓파의 마음에서 완전히 사라져 버렸다. 꿈틀대는 인간들이 무얼 하고 있는지도 몰랐으며, 또한 무얼 하려고 하는지 현재 갓파에게는 상관없

---

11) 志村有弘, 앞의 책, p.219.

12) 서주회전(徐州会戦): 중일전쟁 중인 1938년 4월 7일부터 6월 7일까지 강소성(江蘇省), 산동성(山東省), 안휘성(安徽省), 하남성(河南省) 일대에서 치루어진 일본 육군과 중국 국민혁명국 간의 전투. 일본군은 남북으로 진공하여 5월 19일 서주를 점령하였지만 중국군 주력부대를 포위 섬멸하는데 실패하였다. (http://ja.wikipedia.org/wiki/%E5%BE%90%E5%B7%9E%E4%BC%9A%E6%88%A6)

는 일이었다. (진한 색 - 인용자)

태평양 전쟁 말기 일본의 전쟁 참상과 관련해서 하라타 다네오(原田種夫)는 "적의 전략폭격은 도시에 집중 포화되어 전사자는 도시마다 넘쳐흐르고, 집은 물론 의복도 없이, 타다 만 방공호가 임시 주택으로 대신하였다. (중략) 8월 9일 오전 11시 2분, 나가사키 시에 원자폭탄이 투여되어, 죄없는 수십만 시민이 살상되었다. (중략) 사람은 마치 거지처럼 먹을 것을 구걸하려 떠돌았고 (중략) 식량 결핍과 주택부족으로 인심은 점점 황폐하져 갔다"[13]고 서술하고 있는데, 이는 히노가 직접 체험한 전쟁의 실상을 라쇼몬 세계와 중첩시키고 있다고 볼 수 있다.

따라서 아쿠타가와가 죄악과 죽음의 세계를 도성의 경계에 있는 라쇼몬에 한정지어 서술한 데 반해, 히노의 경우 라쇼몬 뿐만 아니라 갓파의 고향인 우바구치 늪까지 확대시키고 있다. 결국 이것은 당시 히노가 바라본 전쟁의 비극적 참상, 즉 죽음의 세계가 어느 한 특정 지역에 국한된 것이 아니라, 점차 확장되어가는 모습을 재현한 것이라 하겠다. 히노의 라쇼몬 세계는 단순히 아쿠타가와의 닫혀진 라쇼몬 세계, 그것은 어떤 의미에서 인위적인 세계만을 재현한 것이 아닌, 그가 살았던 현실 세계를 라쇼몬 세계로 응축하면서 시대적 상황에 따라 확산되어 가고 있음을 알 수 있다.

---

13) 原田種夫, 『原田種夫全集』 第5巻, 国書刊行会, 1983, pp.193 - 195.

3. 허구화된 라쇼몬 세계

이처럼 아쿠타가와는 갇혀진 라쇼몬 세계 안에서 하인이 노파의 옷을 빼앗는 장면을 통해 작품의 주제라고 할 수 있는 인간의 에고이즘[14]을 보여주고 있다. 그와 동시에 갇혀진 공간의 특성상 사회적 차원보다는 개인적 차원에 주안점을 두어 인간의 본성 비판을 좀 더 명확히 제시하고 있다.

> "뭘 하고 있었지? 어서 말해. 말하지 않으면 벨 것이다."
> 하인은 노파를 내치고는 갑자기 칼집에서 칼을 빼어들더니, 시퍼런 칼날 빛을 그녀의 눈앞에 들이대었다. (중략) "이 머리카락을 뽑아서 말이야. 이 머리카락을 뽑아서 말이야. 가발을 만들려고 했지."
> 하인은 노파의 대답이 의외로 평범한 사실에 실망했다. (중략) "그럼 내가 날강도 짓을 한다 해도 원망하지 마라. 나도 그렇게 하지 않으면 굶어 죽을 판이니까."
> 하인은 재빨리 노파의 옷을 벗겼다. 그리고는 발을 붙잡고 늘어지는 노파를 거세게 걷어차 시체 위에 쓰러뜨렸다.

라쇼몬 문 위에 일어난 하인과 노파의 말과 행위는 실제 인간의 본

---

14) 요시다 세이이치(吉田精一)는 "이 하인의 심리 추이를 주제로 하고, 아울러 살아가기 위해 각인각색이 가지고 있는 에고이즘을 파헤치는 작품이다. (중략) 만일 이상주의 작가라고 한다면 하인이 도둑이 되려고 생각한 마음을, 노파의 추악한 행위 앞에서 번연히 잊고 분노하는 것으로 끝을 맺던가, 아니면 그러한 악한 마음을 떨쳐 버리게 해서 결론을 내릴 것이다. 그러나 류노스케는 오히려 그곳에서 하인에게 에고이즘의 합리성을 자각시키고 있다"라고 언급하고 있다.
吉田精一, 『芥川龍之介』, 三省堂, 1942, p.72.

성을 여과없이 보여줄 뿐만 아니라, 어둠 속에 "하인의 행방은 아무도 모른다"로 작품을 마무리하여 라쇼몬 세계를 마지막까지 갇혀진 특정한 시간과 공간 속에 유지하고 있다. 그러나 이와 같이 라쇼몬 세계, 그리고 그 속에 하인과 노파가 비록 갇혀져 있지만, 이것을 처음부터 바라본 1인칭 관찰자는 반드시 갇혀진 공간에서만 존재하는 것은 아니다. 다시 말해서 1인칭 관찰자는 자신이 본 경험, 라쇼몬 세계에서 일어난 하인과 노파의 일련의 행위를 라쇼몬 세계가 아닌 도성 안으로, 혹은 밤에서 낮으로 전파시킴으로서, 설령 갇혀진 라쇼몬 세계라 하더라도 다른 사람들에게 회자되어 공간적, 시간적으로 열린, 하지만 고정되고 불변하는 라쇼몬 세계를 또다시 반복해 만들어 내고 있다.

그런데 히노는 이러한 라쇼몬 세계 그리고 하인과 노파의 말과 행위를 인간이 아닌 갓파라는 상상 속의 동물에 의해 묘사하고 있다. 즉 갓파[15]를 통해서 바라본 인간들의 모습, 그것은 우바구치 늪에서 본 수많은 인간들의 모습과 함께 라쇼몬 세계에서 하인과 노파의 추악한 본성을 비추고 있다.

> 갓파는 노파가 무엇 때문에 머리카락 따위를 뽑는지 알지 몰했다. 그러나 노파의 이상한 거동을 보고 있는 사이 갓파의 뇌리엔 좀 전에 본 우바구치 늪의 처참한 광경이 선명하게 되살아났다. 그 때는 단지

15) 히노는 "갓파는 언제나 기쁨이나 즐거움을 잃지 않으려 하며, 아름다운 것을 위해 어떠한 헌신도 마다하지 않는 것을 알아야 한다. 또한 갓파는 정의와 신의 그리고 진실을 사랑한다"고 말하고 있듯이, 갓파는 악과 대비되는 선(善)을 대표하는 존재라고 볼 수 있다.
火野葦平, 위의 책, p.565.

무의식적으로 바라보고 있었을 뿐이었지만, 지금 생각하면 우바구치 늪에서도 지금 노파와 똑같은 동작을 하던 사람이 있었다는 생각이 들었다. (중략) 그들의 행위와 지금 여기 노파의 행위와는 확실히 공통점이 있었다. 갓파는 비로소 인간이 무엇을 하고 있는지 깨닫고, 놀란 나머지 망연자실하였다.

갓파와 관련해서 시무라 아리히로는 "히노의 「라쇼몬」은 〈바보스럽고 신경이 무딘(暗愚鈍重)〉 갓파를 주인공으로 하여, 갓파가 본 인간의 비참한 모습을 남김없이 그리고 있다. (중략) 히노의 「라쇼몬」도 아쿠타가와와 마찬가지로 살기 위한 인간의 모든 악행을 예리하게 묘사하고 있다"[16]고 서술하고 있으나, 좀 더 부연하자면 이것을 갓파의 선천적 성격으로 규정할 수도 있지만, 동시에 어떤 의미에서는 갓파가 노파가 머리카락을 뽑는 것 이외에, 시체의 품에서 물건을 찾는다거나, 옷을 빼앗는 모습 등 도저히 보통 인간들의 모습이라 할 수 없는 것을 본 결과 '바보스럽고 신경이 무딘'이 되었다고 말하는 것도 가능하다. 다시 말해서 인간임에도 불구하고 그들의 동물적 행위, 아니면 마치 인간과 동물이 뒤바뀐 것과 같은 행위에서 오는 놀라움이 갓파로 하여금 '바보스럽고 신경이 무딘' 성격으로 만들어 버린 것이라 하겠다.

그 곳에는 이미 하인의 모습은 사라지고 칠흑같이 어두운 밤만 있을 뿐이었다. 노파는 기분 나쁘게 히죽거리고, 다시 기어서 원래 자리로 되돌아갔다. (중략) 그리고 마룻바닥에 세워 놓은 소나무 가지 횃불

16) 志村有弘, 위의 책, p.217.

을 움직여 시체 주변을 둘러보더니, 좀 전에 여자 시체 곁에 웅크리고 앉아 또다시 그 머리카락을 뽑기 시작했다. (중략) 거미집이 온통 처져 있는 천장에, 꿈틀거리는 노파의 검은 그림자가 거대한 박쥐가 달라붙어 있는 듯 숨 쉬고 있었다.

예를 들어 작품 마지막 부분은 아쿠타가와의 「라쇼몬」에 없는 히노가 순수 창작한 것으로, 하인이 노파의 옷을 빼앗아 사라진 후, 노파를 거미나 박쥐로 비유한 모습에서는 인간의 이성적 모습은 찾아 볼 수 없으며, 오로지 동물적 본성만을 보여주고 있다. 이처럼 인간이 아닌 동물 갓파의 눈에 비추어진 확장된 라쇼몬 세계에 나타난 비일상적 모습 그리고 산더미같은 죽은 시체 속에 나타난 노파의 비이성적 본성은 작품을 더욱 지옥화시키고 있는 것이다.

그런데 여기에서 라쇼몬 세계가 갓파의 시점에 의해 서술되었다는 점에 주목해야 한다. 나가타 미사토(仲田美佐登)는 "전쟁이 초래한 모든 문제를 겪은 한 인간으로서, 혹은 문학자로서의 아픔을 오히려 직접 전쟁을 체험한 적 없는 갓파가 솔직하게 호소하고 있다"[17]고 언급하고 있는데, 사실 나가타의 주장은 어느 정도 일리가 있지만, 그것만으로 히노가 갓파를 등장시켰다고 설득하기에는 무리가 있다. 말하자면 히노는 라쇼몬 세계에서 일어난 인간의 갖가지 비일상적 모습을 오직 갓파의 눈에 의해서만 서술하게 함으로써 현실적 사실을 부정하고, 허구화시키고 있다는데 유의할 필요가 있다.

17) 火野葦平, 仲田美佐登, 『河童曼陀羅』, 国書刊行会, 1984, p.573.

사다리 위에 있던 갓파는 얼마 안 있어 맥없이 문 아래로 내려왔다. 어렵게 결심한 바를 말하자면, 더 이상 이 라쇼몬에는 두 번 다시 살지 않겠다는 것에 지나지 않았다. 어떻게 굶주림을 면하면 좋을까? 또 어디서 살면 좋을까? 에 대해서도 도무지 좋은 방법이 떠오르지 않았지만, 여하튼 여기는 살 곳이 못 된다고 정한 갓파는 홀로 쓸쓸한 걸음걸이로 칠흑같이 어두운 밤 속으로 사라져 갔다.

갓파의 행방은 아무도 모른다.

원래 갓파와 그가 사는 우바구치 늪은 인간 세계에 존재하지 않는 비현실 세계이다. 하지만 기나긴 가뭄으로 인하여 현실과 비현실 세계의 경계가 무너지고, 갓파는 인간 세계인 라쇼몬 세계에 오게 되었다. 그러나 비가 내린 지금, 갓파는 더 이상 인간이 사는 라쇼몬 세계에 있을 이유가 사라지고 다시 자신의 고향인 비현실 세계로 돌아가지 않으면 안된다. 즉 갓파가 고향으로 되돌아간다는 것은, 동시에 그가 바라본 라쇼몬 세계에서 일어난 인간의 비극적 참상이나 추악한 모습 또한 현실 세계가 아닌 비현실 세계에 봉인된다는 의미이기도 하다. 이것은 지금까지 히노가 재현한 라쇼몬 세계를 비현실화, 허구화시키는 것으로, 애초부터 「라쇼몬」의 부제를 "전설의 1장"이라고 말한 데서 유추할 수 있듯이, 결국 히노는 라쇼몬에서 일어난 모든 비극을 갓파의 상상으로 왜곡, 치환하고 있는 것이다.

이처럼 히노는 자신이 체험한 라쇼몬 세계를 한낱 갓파의 개인적 체험이나 기억으로 축소함으로써, 결과적으로 라쇼몬 세계가 앞으로 우리 인간들 누구라도 알아서는 안되는, 잊혀져야 할 모습으로 전설화시키고 있음을 알 수 있다.

이상과 같이 히노의 「라쇼몬」과 아쿠타가와의 「라쇼몬」 두 작품 모두가 배경이나 구성면에서 거의 동일한 구조를 가지고 있지만, 히노의 경우 갓파를 주인공으로 설정하여 라쇼몬 세계를 재현하고자 하였다. 그것은 히노가 살던 시대적 상황, 즉 당시 종군작가로 중일전쟁이나 태평양 전쟁 그리고 후쿠시마 대공습, 나가사키 원폭 등의 체험을 통해서 전쟁의 피폐와 인간들의 실상을 묘사하고자 하였던 것이다. 더욱이 기존의 아쿠타가와가 그린 간접적, 관념적 죽음의 라쇼몬 세계가 과거 교토라는 한 곳에 머무는 것이 아닌, 현재 전쟁 참상에서 직접적, 실증적 확대 및 진행되고 있음을 보여주고 있다.

히노의 「라쇼몬」은 비록 아쿠타가와의 「라쇼몬」과 유사성에도 불구하고, 시간적으로 헤이안 시대에서 태평양 전쟁 말기로, 공간적으로 교토에서 수많은 전쟁 지역으로 확대, 변용시켜 라쇼몬 세계를 재구축하고 있다. 물론 두 작품에 나타난 라쇼몬 세계가 모두 인간의 동물적 본성을 통한 지옥세계를 표현하는 것에는 공통적으로 일치하지만, 아쿠타가와는 『곤쟈쿠 이야기』를 원전으로 한 간접적, 상상적 지옥세계라고 한다면, 히노는 자신의 전쟁 체험을 근거로 한 직접적, 현실적 지옥세계라고 말하지 않으면 안된다. 그리고 이것이야말로 아쿠타가와와 차별된 히노만의 독자적인 새로운 라쇼몬 세계를 재정립한 것이라 말해도 좋을 것이다.

그러나 히노는 아쿠타가와의 「라쇼몬」에 없는 상상의 동물 갓파가 라쇼몬 세계에서 일어난 일련의 상황을 서술하게 한 결과, 인간의 행위를 타자화시킬 뿐만 아니라 인간의 비참한 실상과 비이성적, 동물적 에고이즘을 왜곡, 허구화시키고 있음을 알 수 있다. 바꾸어 말해서 히노는 갓파를 통해 현실에서 재현된 라쇼몬 세계를 비현실화시키고,

동시에 부제 “전설의 1장”에서 보이듯 한낱 전설로 치부함으로서 라쇼몬 세계를 부정하고자 하였다. 그러한 의미에서 히노는 우리 인간들에게 갓파의 행방을 알아서는 안되며, 라쇼몬 세계를 영원히 비현실 세계에 가두어 둘 것을 요구한 것인지도 모른다.

부록

부록1 아쿠타가와 류노스케의 「라쇼몬」

어느 날 해질 무렵의 일이다. 한 하인(下人)[1]이 라쇼몬[2] 아래에서 비가 그치기를 기다리고 있었다.

넓은 문 아래에는 이 남자 외에는 아무도 없었다. 다만 여기저기 붉은 칠이 벗겨진 커다란 원기둥에 귀뚜라미 한 마리가 앉아 있을 뿐이었다. 라쇼몬이 주작대로(朱雀大路. 교토 천황이 사는 궁전 북쪽 정면 주작문(朱雀門)에서 남쪽으로 나성문(羅城門)까지 폭이 약 85미터 되는 중앙거리)에 있는 이상, 이 남자 외에도 비가 그치기를 기다리는 이치메 가사(市女笠, 헤이안(平安) 시대 상류 사회의 여자용 사초 삿갓)나 모미에 보시(揉烏帽子, 옛날에 귀족이나 무사가 쓰던 두건의 일종)를 쓴 사람이 두 세 명은 더 있을 법하다. 그런데 이 남자

---

1) 여기서 말하는 하인은 '신분이 비천한 남자'로 경작이나 잡무 등의 일을 했으며, 전쟁 시에는 나가서 싸우는 일도 했다. 그러한 의미에서 우리가 알고 있는 '하인'과는 조금 다르다.

2) 교토(京都) 주작대로(朱雀大路) 남단에 위치한 문으로, 원래 명칭은 라죠몬(羅城門)이다.

외에는 아무도 없다.

왜냐 하면 최근 2, 3년간 교토(京都)에는 지진이나 회오리바람, 화재, 기근 등 재난이 연달아 일어났다. 그런 까닭에 교토 도성 안의 피폐상은 이만저만이 아니었다. 옛 기록에 의하면 불상이나 법기(法器)를 부숴 붉은 칠이 있거나 금박이나 은박이 붙어 있는 나무를 길바닥에 쌓아놓고 땔감으로 팔았다고 한다. 도성 안이 그러하니 허물어진 라쇼몬 수리 따위는 애당초 내버려 둔 채 누구도 돌보는 사람이 없었다. 그러자 그 황폐해진 틈을 기다렸다는 듯이 여우나 너구리가 살고 도둑이 살았다. 그리고 급기야 마침내는, 인수할 사람이 없는 죽음 사람(死人)을 이 문으로 가져와 버리고 가는 관습마저 생겼다. 그래서 해가 어두워지면 누구든지 무서운 기분에 문 근처에는 얼씬도 하지 않게 되었다.

그 대신 이번에는 까마귀 떼가 어디서 날아왔는지 많이 몰려 왔다. 한 낮에 보면 그 까마귀 떼가 몇 마리씩 원을 그리며, 높다란 치미(鴟尾, 궁전이나 불전 등 큰 건축물의 용마루 양단에 장치한 물고기 꼬리 모양의 장식) 주위를 울면서 날아 맴돌고 있다. 게다가 문 위에 비친 하늘이 석양빛으로 붉게 물들 때에는, 그것들이 깨를 뿌린 듯 뚜렷이 보였다. 물론 까마귀 떼는 문 위에 있는 죽은 사람의 살점을 쪼아 먹으러 오는 것이다. 하지만 오늘은 시간이 늦은 탓인지, 한 마리도 보이지 않는다. 단지 여기저기 무너져 내린 그리고 그 무너진 틈 사이로 긴 풀이 자란 돌계단 위로 까마귀 똥이 듬성듬성 하얗게 들러붙어 있는 게 보인다. 하인은 일곱 단으로 된 돌계단 맨 윗단에, 색이 바래고 너덜너덜한 감색 겹옷 차림으로 걸터앉아 오른쪽 뺨에 생긴 커다란 여드름을 신경쓰며, 멍하니 비가 내리는 것을 바라보고 있었다.

작가는 좀 전에 "하인은 비가 그치기를 기다리고 있었다"고 썼다. 그러나 하인은 비가 그쳐도 딱히 어떻게 해 볼 도리가 없었다. 물론 평소라면 당연히 주인집에 돌아갔을 것이다. 하지만 그 주인집으로부터 4, 5일 전에 해고당했다. 앞에서도 언급한 것처럼, 당시 교토 거리는 예전과 달리 피폐해져 있었다. 지금 이 하인이 오랫동안 섬기던 주인집으로부터 해고당한 것도, 실은 이러한 피폐의 작은 여파임에 틀림없다. 그러니 "하인은 비가 그치기를 기다리고 있었다"고 말하기보단 "비에 갇힌 하인이 갈 곳이 없어 어찌할 바를 모르고 있었다"고 말하는 편이 타당하다. 게다가 오늘처럼 비오는 날씨 또한 이 헤이안 시대(平安, 794년~1192년)에 사는 하인의 감성에 적잖이 영향을 미쳤다. 오후 4시 지나 내리기 시작한 비는 여전히 개일 기미가 없다. 그래서 하인은 무엇보다도 당장 내일 먹고 살 길을 어떻게든 해 보려고 - 말하자면 어찌해도 되지 않는 일을, 어떻게든 해 보려는 망연한 상념을 빠져, 아까부터 주작대로에 내리는 빗소리를 멍하니 듣고 있었다.

비는 라쇼몬을 에워싸며, 멀리서부터 쏴아 하는 소리를 몰고 온다. 땅거미는 점차 하늘에 드러누워 있고, 위를 쳐다보면 문 지붕이 비스듬히 내민 기와 끝으로 짙게 깔린 어두컴컴한 구름을 떠받치고 있다.

어찌해도 되지 않는 일을, 어떻게든 하기 위해서는 수단을 가릴 겨를이 없다. 가리다간 담벼락 아래던가, 길바닥 위에서 굶어 죽을 뿐이다. 그리하여 이 문 위로 실려 와, 개처럼 버려지고 말 뿐이다. 만약 가리지 않는다면 - 하인의 생각은 몇 번이나 똑같은 길을 배회한 끝에 간신히 이러한 결론에 다다랐다. 그러나 이 '한다면'은 언제까지나 '한다면'으로 끝났다. 하인은 수단을 가리지 않는다는 것을 긍정하면서도, 이 '한다면'의 결말을 짓기 위해 당연히 그 뒤에 올 '도둑이 되는 수밖에 방법이 없다'는 것을 적극적으로 긍정할 만큼 용기가 나지 않았다.

하인은 크게 재채기를 하더니, 만사가 귀찮다는 듯 자리를 털고 일어났다. 저녁이 되자 쌀쌀해진 교토 거리는 이제 화로가 필요할 정도로 추웠다. 찬바람은 문의 기둥과 기둥 사이를 저녁 어둠과 함께 사정없이 불어댔다. 붉은 칠한 기둥에 앉아 있던 귀뚜라미도 이미 어디론가 가버리고 없다.

하인은 목을 움츠리면서, 황색 홑옷에 겹쳐 입은 감색 겹옷의 어깨를 치켜세우며 문 주위를 둘러보았다. 비바람 걱정이 없이, 남의 눈에 띌 염려가 없는, 하룻밤 편히 잘 수 있을 만한 곳이 있다면 거기가 어디든 밤을 새우려고 생각했기 때문이다. 그러자 다행히 문 위 누각으로 오르는 폭 넓은 게다가 붉은 칠을 한 사다리가 눈에 띄었다. 문 위라면 사람이 있다 하더라도 어차피 죽은 사람들뿐이다. 그래서 하인은 허리에 찬 손잡이가 나무로 된 칼이 빠져나오지 않도록 신경쓰면서, 짚신을 신은 발을 그 사다리 맨 아랫단에 밟고 올라가기 시작했다.

그로부터 몇 분인가 지났다. 라쇼몬 누각 위로 올라가는, 폭 넓은 사다리 중간쯤에 한 사내가 고양이처럼 몸을 움츠리더니 숨죽이며 위의 상황을 엿보고 있었다. 누각 위에서 내비치는 불빛이 희미하게 그 사내의 오른쪽 뺨을 타고 흘러내렸다. 짧은 수염 사이로 빨갛게 고름이 찬 여드름이 난 뺨이다. 하인은 애당초 이 문 위에 있는 자는 죽은 사람뿐이라고 지레짐작하고 있었다. 그것이 막상 사다리를 두 세단 기어 올라가 보니 위에서는 누군가 불을 켜고, 더구나 그 불을 이리저리 움직이고 있는 것 같았다. 그 흐릿한 노란 빛이 구석마다 거미집이 쳐진 천장 안으로 흔들리며 비쳤기에 금방 알아차린 것이다. 이 비오는 밤에, 이 라쇼몬 문 위에서 불을 켜고 있는 이상, 어차피 보통 사람은 아니다.

하인은 도마뱀붙이처럼 발소리를 죽이며 가파른 사다리를 맨 윗단까지 기듯이 겨우 올라갔다. 그리고는 몸을 될 수 있는 대로 바닥에 달라붙듯 납작히 하고, 목은 가능한 앞으로 내밀어 조심조심 누각 안을 들여다보았다.

살펴보니 누각 안에는 소문에 들은 바대로, 몇 구의 시체(死骸)가 아무렇게나 버려져 있었는데, 불빛이 미치는 범위가 생각했던 것보다 좁은 탓에 몇 구나 되는지 알 수 없었다. 다만 어슴푸레하게나마 알 수 있는 것은 누각 안에 벌거벗은 시체와 옷 입은 시체가 있다는 정도였다. 물론 그 중에는 여자도 남자도 뒤섞여 있는 것 같았다. 그리고 그 시체들은 모두 일찍이 살아 있던 인간이라는 사실조차 의심스러울 정도로, 흙을 짓이겨 만든 인형처럼 입을 벌리거나 손을 뻗으며 뒹굴뒹굴 바닥 위로 너부러져 있었다. 더구나 어깨나 가슴 같이 튀어나온 부분은 어렴풋한 불빛을 받은 탓에 움푹 들어간 부분의 그림자를 한층 어둡게 하여 영원히 벙어리마냥 말이 없었다.

하인은 그 시체들의 썩어 짓무른 악취에 자신도 모르게 코를 막았다. 그러나 다음 순간에는 더 이상 손으로 코를 막는 것조차 잊어버렸다. 어떤 강렬한 감정이 이 남자의 후각을 거의 모조리 빼앗아 버렸기 때문이었다.

그 때 하인의 눈엔 비로소 시체들 사이로 웅크리고 있던 인간을 보았다. 노송나무 껍질의 붉은 빛 거무칙칙한 옷을 입은, 키 작고 야윈 백발의 원숭이처럼 생긴 노파였다. 그 노파는 오른손에 불을 붙인 소나무 가지를 들고, 수많은 시체들 중 한 시체를 들여다보듯 바라보고 있었다. 머리카락이 긴 것을 보아 아마도 여자 시체일 것이다.

하인은 60퍼센트의 공포와 40퍼센트의 호기심에 못 이겨, 한 동안 숨쉬는 것마저 잊고 있었다. 옛 기록의 말을 빌리자면 '온 몸의 털도 살찐(온몸이 소름끼친)' 듯이 느꼈던 것이다. 그러자 노파는 소나무 가지를 마룻바닥 틈새에 세워 놓고, 그리고 나서 한동안 바라보던 시체의 머리를 양손으로 들더니, 마치 어미 원숭이가 새끼 원숭이의 이를 잡듯, 긴 머리카락을 한 개씩 뽑기 시작했다. 머리카락은 손길이 가는대로 빠지는 것 같았다.

머리카락이 한 개씩 빠질 때마다 하인의 마음속에선 공포가 조금씩 사라져 갔다. 그리고 그와 동시에 이 노파에 대한 격렬한 증오가 조금씩 밀려 왔다. - 아니, '이 노파에 대한'이라고 말하면 어폐가 있을지도 모른다. 오히려 온갖 악(惡)에 대한 반감이 매분마다 점점 커져 오는 것이었다. 이 때 누군가가 하인에게 조금 전 문 아래에서 이 사내가 생각했던 굶어 죽을 것인가? 도둑이 될 것인가? 하는 문제를 다시 묻는다면, 필시 하인은 아무런 미련 없이 굶어 죽는 걸 선택했을 것이다. 그 만큼 이 사내가 악을 증오하는 마음은 노파가 마룻바닥에 세워 놓은 소나무 가지처럼 세차게 타오르기 시작했다.

하인은 물론 노파가 어째서 죽은 사람의 머리카락을 뽑는지 알지 못했다. 따라서 합리적으로는 그의 행동을 선악의 어느 쪽으로 정해야 좋을지 알지 못했다. 그러나 하인에게는 이 비오는 밤에, 라쇼몬 위에서 죽은 사람의 머리카락을 뽑는다는 행위는 그것만으로도 이미 용서할 수 없는 악(惡)이었다. 물론 하인은 조금 전까지 자신이 도둑이 될 생각 따위는 아예 잊고 있었다.

그런 와중에 하인은 양 다리에 힘을 주더니 느닷없이 사다리에서 펄쩍 뛰어 올라갔다. 그리고 손잡이가 나무로 된 칼을 잡으며, 성큼성큼 노파 앞으로 다가갔다. 노파가 놀란 것은 말할 필요도 없다.

노파는 하인을 보자마자, 마치 투석구(投石具)에서 튕겨져 나간 것처럼 날아올랐다.

"이봐, 어딜 도망가?"

하인은 시체에 발이 걸려 넘어지며 쩔쩔매고 도망치려는 노파의 앞을 가로막고 이렇게 소리쳤다. 그런데도 노파는 하인을 밀치고 도망치려 했다. 하인은 두 번 다시 노파를 도망가지 못하게 하려고 내팽게쳤다. 두 사람은 시체들 사이로 한참을 말없이 서로 잡고 싸웠다. 그러나 승패는 처음부터 결정 나 있었다. 하인은 마침내 노파의 팔을 붙잡고 억지로 비틀어 쓰러뜨렸다. 마치 닭다리처럼 뼈와 가죽뿐인 팔이었다.

"뭘 하고 있었지? 어서 말해. 말하지 않으면 벨 것이다."

하인은 노파를 내치고는 갑자기 칼집에서 칼을 빼어들더니, 시퍼런 칼날 빛을 그녀의 눈앞에 들이대었다. 하지만 노파는 아무 말도 할 수 없었다. 두 손은 부들부들 떨고, 어깨는 세찬 숨소리에 들썩이며, 눈은 안구가 밖으로 튀어나올 정도로 부릅뜨기만 할 뿐, 벙어리처럼 끝까지 입을 다물었다. 이를 본 하인은 비로소 이 노파의 생사(生死)가 전적으로 자신의 의지에 달렸다라는 사실을 확실히 깨달았다. 그리고 이러한 깨달음은 어느샌가 여태까지 매섭게 타오르던 증오의 마음을 식혀 주었다. 다만 그 자리에 남은 건 어떤 일을 한 다음에, 그것이 원만히 성취되었을 때 찾아오는 안도감과 만족감이 있을 뿐이었다. 그래서 하인은 노파를 내려다보며 목소리를 약간 누그러뜨린 채 이렇게 말했다.

"난 게비이시(檢非違使, 헤이안 시대 초기에 치안, 재판 임무를 맡은 벼슬) 관청에 다니는 관리가 아니다. 조금 전 이 문 아래를 지나던 나그네다. 그러니 널 포박해 어떻게 하겠다는 뜻은 없다. 다만 지금 이 시간에 이 문 위에서 무엇을 하고 있었는지 그걸 내게 말해주기만 하면 된다."

그러자 노파는 부릅뜨던 눈을 한층 더 크게 뜨며 가만히 하인의 얼굴을 지켜보았다. 눈꺼풀이 빨게 진 육식조(肉食鳥)와 같은 날카로운 눈으로 본 것이다. 그리고 주름살로 인해 거의 코와 맞붙어 하나가 된 입술을 뭔가 씹고 있는 듯이 움직였다. 가느다란 목에서 튀어나온 결후(結喉, 목 앞에 돌기한 울대)가 움직이고 있는 것이 보인다. 그 때 그 목구멍으로부터 까마귀가 우는 듯한 목소리가 숨이 가쁜 듯 하인의 귀에 전해져 왔다.

"이 머리카락을 뽑아서 말이야. 이 머리카락을 뽑아서 말이야. 가발을 만들려고 했지."

하인은 노파의 대답이 의외로 평범한 사실에 실망했다. 그리고 실망과 동시에 또다시 조금 전에 타올랐던 증오가 차가운 모멸감과 함께 마음속을 온통 채웠다. 그러자 그 낌새가 앞에 있던 노파에게도 전해졌던 모양이다. 노파는 여전히 한 손에 시체 머리에서 뽑은 긴 머리카락을 쥔 채, 두꺼비가 웅얼거리는 듯한 목소리로 말을 더듬으며 이런 말을 했다.

"하기야 죽은 사람의 머리카락을 뽑는 건 필시 나쁜 짓 일게야. 하지만 여기에 있는 죽은 사람 모두 이 정도의 일을 당해도 싼 인간들뿐이야. 지금 내가 머리카락을 뽑은 여자는 말이야. 뱀을 네 치(한 치에 3.03cm이므로 약 12cm) 씩 잘라 말린 걸 건어포라고 속여 호위무사들 초소로 팔러 다녔어. 만일 역병에 걸려 죽지 않았다면 지금도 팔러 다녔을 거야. 그것도 말이야, 이 여자가 판 건어포는 맛이 좋다며 호위무사들이 하나같이 찬거리로 사갔다고 하더군. 나는 이 여자가 한 짓을 나쁘다고 생각지 않아. 그렇지 않으면 굶어 죽게 생겼으니 어쩔 수 없이 한 일이겠지. 그러니까 지금 내가 한 일도 나쁜 짓이라고는 생각하지 않아. 역시 이렇게라도 하지 않으면 굶어 죽을 테니 어쩔 수 없이 한 짓이니까. 그러니 이런 어쩔 수 없는 짓을 잘 아는 이 여자는, 아마 내가 한 일도 너그러이 봐 줄 거야."

노파의 말은 대체로 이러한 의미였다.

하인은 칼을 칼집에 집어넣고, 왼손으로 칼자루를 쥐며, 냉담히 그녀의 이야기를 듣고 있었다. 물론 오른손으로는 뺨에 빨갛게 고름이 든 커다란 여드름을 신경쓰면서 듣고 있었던 것이다. 그러나 그녀의 이야기를 듣고 있는 사이에, 하인의 마음에는 어떤 용기가 생겨났다. 그것은 조금 전 문 아래에서 이 사내에겐 없었던 용기였다. 그리고 또한 조금 전 이 문 위로 올라와 노파를 붙잡았을 때의 용기와는 정반대 방향으로 움직이려고 한 용기였다. 하인은 굶어 죽을 것인가? 도둑이 될 것인가? 에 망설이지 않았을 뿐만 아니다. 그 때 이 사내의 심정으로 말하자면 굶어 죽는 일 따위는 거의 생각조차 할 수 없을 만큼 의식 밖으로 밀려나 있었다.

"분명 그렇단 말이지?"

노파의 이야기가 끝나자 하인은 비웃는 듯한 목소리로 되물었다. 그리고 한 발짝 앞으로 다가서더니, 난데없이 오른손을 여드름에서 떼어 노파의 목덜미를 움켜쥐더니 잡아먹을 기세로 이렇게 말했다.

"그럼 내가 날강도 짓을 한다 해도 원망하지 마라. 나도 그렇게 하지 않으면 굶어 죽을 판이니까."

하인은 재빨리 노파의 옷을 벗겼다. 그리고는 발을 붙잡고 늘어지는 노파를 거세게 걷어차 시체 위에 쓰러뜨렸다. 사다리 입구까지는 불과 다섯 걸음을 셀 정도다. 하인은 빼앗아 든 노송나무 껍질의 붉은빛 거무칙칙한 옷을 겨드랑이에 끼고, 눈 깜짝할 사이에 가파르게 세워진 사다리를 타고 어둠 속으로 뛰어 내려갔다.

한참 동안 죽은 듯이 쓰러져 있던 노파가 시체들 사이에서 그 벌거벗은 몸을 일으킨 것은 그로부터 얼마 지나지 않아서였다. 노파는 투덜거리는 혹은 신음하는 소리를 내며, 여전히 타고 있는 불빛을 의지해 사다리 입구까지 기어갔다. 그리고 거기서 짧은 백발을 늘어뜨리며 문 아래를 살펴보았다. 밖에는 다만, 칠흑같이 어두운 밤만 있을 뿐이다.

하인의 행방은 아무도 모른다.

부록 2 구로사와 아키라의 〈라쇼몬〉

(F · I)[1]

1. 라쇼몬

맹렬한 소나기로 자욱하게 보이는 라쇼몬 전경.

그 아래로 비를 피하고 있는 두 사람의 그림자가 작고 어렴풋이 보인다.

그 두 사람 중 한 명은 행려승, 또 한 명은 나무꾼.

두 사람은 모두 돌계단에 앉아, 돌층계 위로 내려치는 빗줄기를 바라본 채, 뭔가 골몰히 생각에 젖어 있다.

"모르겠어… 도무지 모르겠어."

나무꾼이 불쑥 말한다.

행려승은 그 나무꾼의 옆모습을 힐끔 보지만, 다시 시선을 쏟아지는 빗줄기로 돌리며 미동도 하지 않는다.

---

1) F · I : 무대가 점점 밝아지는 기법.

그의 옷소매에서 뚝… 뚝, 물방울이 돌계단으로 떨어진다.

2. 길

물안개가 피워 오르는 물웅덩이를, 철퍽철퍽 흙탕물을 튀기며 달려오는 짚신을 신은 발.

3. 라쇼몬

하인이 홀로 뛰어 들어온다.

라쇼몬이라 쓰인 편액 아래에서, 흠뻑 젖은 에보시(烏帽子, 모미에보시 일종으로 무사가 쓰던 두건)를 짜더니 얼굴에 흐르는 빗물을 닦는다.

비에 젖은 짚신을, 하인은 돌계단 위에서 제자리걸음하며 탁 탁 털어내고 있다.

"모르겠어… 도무지 모르겠어."

라는 목소리에, 비로소 사람이 있다는 낌새를 알아차린 듯 돌아본다.

나무꾼이 낮은 목소리로 말한다.

"…뭐가 뭔지 모르겠어."

"무슨 일인데? …"

하인은 심심하던 차에 좋은 얘기 상대라도 생겼는지, 나무꾼 옆에 주저앉는다.

"…뭘 모르겠다는 거야?"

나무꾼 "이런 괴상한 이야기는 들은 적도 없어."

하인 "그러니까 얘기해 보라구… 마침 여기에 만사도통하신 스님도 계시니 말이야."

히죽거리며 행려승을 향해 턱으로 가리킨다.

행려승은 그 빈정거린 말에 진지하게 대답한다.

"아닐세. 만사도통하신 것으로 유명한 기요미즈 절(淸水寺) 고닌(光仁)대사라 할지라도, 필시 이런 괴상한 이야기는 알지 못할 것일세."

하인은 잠시 어리둥절해 하며,

"…어라? …그럼 스님도 그 괴상한 애길 알고 있는 게요?"

행려승은 고개를 끄덕이고, 나무꾼을 되돌아보며,

"이 사람과 둘이서 지금 막 이 눈으로 보고, 이 귀로 듣고 온 길일세."

하인 "허어… 어디서?"

행려승 "게비이시(檢非違使) 마당에서."

하인 "게비이시?"

행려승 "사람이 한 명 죽었네."

하인 "난 또 뭐라구, 사람이 한, 두 명 죽는 거야… 여기 라쇼몬 누각 위로 올라가 보슈. 인수할 사람이 없는 시체가 다섯, 여섯 개쯤은 언제라도 이리저리 굴러다니고 있으니 말이요."

행려승 "맞네. 전쟁, 지진, 회오리바람, 화재, 기근, 역병… 해마다 재앙뿐이네. 게다가 매일 밤이면 도둑무리가 밀물처럼 들여 닥치니, 그야 그렇기도 하지. 나도 이 눈으로, 벌레처럼 죽거나 살해당하는 사람을 얼마나 봤는지 모르네. 허나 오늘처럼 무서운 이야기는 처음일세."

"무섭다니?"

나무꾼은 놀란 듯 행려승을 뚫어지게 쳐다본다.

행려승 "그러네, 무서운 이야기야. 허나 오늘만큼은 사람의 마음을 믿을 수 없게 된 것 같네. 이는 도둑이나 역병, 기근, 화재, 전쟁보다도 무섭다네."

하인 "이보슈, 스님 양반. 설교는 지긋지긋하오. 다만 왠지 재밌을 이야긴 것 같아 비가 그칠 동안 들으며 시간 때우려고 한 것뿐이외다. 따분하거나 시시한 얘길 들을 거면, 잠자코 빗소리나 듣겠수."

세 사람, 한 동안 침묵.

억수같은 비가 계속 내린다.

갑자기 나무꾼이 하인의 소매를 잡는다.

"이보게… 들어 달라구… 그리고 이게 무슨 일인지 가르쳐 줘… 난 도무지 모르겠단 말이야… 그 세 사람 모두…"

하인 "어떤 세 사람 말이야?"

나무꾼 "지금부터 얘기하는 건, 그 세 사람에 관한 일이야."

하인 "침착하라구… 침착하게 차근차근 얘기해… 지금 내리는 비가 개이려면 아직 멀었으니까."

라쇼몬 기와지붕을 때리는 비.

그 하얗게 튀기는 물보라.

나무꾼, 흥분을 억누르면서 중얼중얼 얘기하기 시작한다.

"…사흘 전 일이야… 난 산에 나무하러 갔었지." (O · L)[2)]

---

2) O · L : 하나의 화면이 끝나기 전에 다른 화면을 겹쳐서 장면 전환을 하는 기법.

4. 산 길(A)

나무꾼이 산에 가고 있다.

어깨에는 도끼, 허리에는 손도끼.

5. 산 길(B)

짊어 맨 도끼날이, 나뭇잎 사이로 비치는 여름 햇살로 빤짝빤짝 빛난다.

6. 숲 속(A)

사람 키만한 잡초가 길을 덮고 있을 만큼 무성히 나있다.

그 잡초를 밀어 헤치며 앞으로 나가는 나무꾼.

작은 새들이 그 소리에 놀라 후다닥 하늘로 날아오른다.

7. 숲 속(B)

가지각색의 어린 나무 숲.

여기저기 잡초가 난 평지와 관목 숲이 있다.

여름 햇살이 나뭇잎의 복잡한 무늬를 내비치고 있는 사이로 다가오는 나무꾼.

갑자기 나무꾼의 걸음이 멈춘다.

관목 잔가지에 걸려 있는 이치메 가사(市女笠)

나무꾼, 그것을 손에 쥐고 이상하다는 듯 바라본다. 얼마 안 있어 이치메 가사를 원래 잔가지에 걸어놓고, 두리번두리번 주위를 둘러보며 나아간다.

나무꾼, 또다시 걸음을 멈춘다.

잘라버려진 한 가닥 새끼줄이 떨어져 있다.

그것을 내려다보며 서 있는 나무꾼.

얼굴을 들어, 주위를 조심스럽게 둘러본다.

약 4, 5간(間, 1간이 약 1.8m이므로 약 8m) 앞 풀밭 위에 뭔가 빛나고 있다.

아름다운 젊은 여자의 빗—.

나무꾼, 그 빗에 다가간다.

덜컥 놀라 그 자리에 얼어붙는다.

풀밭에 떨어진 빗 바로 옆 작은 대나무 숲 사이로 굳어진 사람의 두 다리가 불쑥 비어져 나와 있다. (WIPE)[3]

8. 숲 속

귀신에 쫓기는 듯 달리는 나무꾼.

헐레벌떡거리며 달리는 땀투성이인 얼굴.

나무꾼의 소리 "…당황한 난 근처에 있는 관리에게 신고했지… 그로부터 사흘째 되는 오늘… 난 게비이시 관청에 불려 나갔어." (WIPE)

9. 게비이시 관청 마당

나무꾼이 엎드려 있다.

"예, 그러하옵니다. 그 시체를 제일 먼저 발견한 것은 분명히 저이

---

3) WIPE : 영화나 텔레비전에서, 한 장면이 화면 한쪽으로 사라지면서 뒤이어 다음 장면이 나타나는 기법.

옵니다. 예? 칼이나 다른 것은 보지 못했냐구요? 아니요. 아무 것도 없었습니다. 나뭇가지에 걸린 이치메 가사 하나, 삼나무 밑동에 새끼줄 하나 그리고 - 시체 옆에 빗 하나. 그 주위에 떨어진 것은 확실히 그것뿐이었습니다." (WIPE)

나무꾼, 뒤쪽에서 대기하고 있다.

그 앞에서 진술하고 있는 행려승.

"저 남자 시체는 확실히 만났습니다. 그렇지… 사흘 전 오후였습니다. 장소는 세키야마(関山)에서 야마시나(山科)로 가는 길이었습니다."

10. 야마시나 역로(駅路, 역참으로 통하는 길)

눈이 부실 듯한 새 하얀 뙤약볕 길.

행려승이 뚜벅뚜벅 걷고 있다.

길을 비킨다.

가나자와(金沢) 출신의 다케히로(武弘)가 아내 마사고(真砂)를 털빛이 불그스름한 말에 태우고 서로 스치듯 지나간다.

말 등 위로 흔들리며 앞가리개를 늘어뜨린 이치메 가사.

행려승의 목소리 "여자는 앞가리개를 가려져 있어 얼굴은 알 수 없습니다. 남자는… 예. 칼도 차고 있었고, 활과 화살도 지니고 있었습니다."

가나자와 출신의 다케히로는 왼손엔 가죽을 두른 활, 등엔 검게 칠한 화살집에 매의 깃털로 만든 화살을 꽂고 행복한 듯 미소를 띠우며, 행려승 앞을 지나간다.

11. 게비이시 관청 마당

행려승 "…그 남자가 이처럼 처참한 몰골이 되리라곤 꿈에도 생각하지 못했습니다만, 참으로 인간의 목숨이란 아침 이슬과 같이 덧없는 것입니다. 거 참, 뭐라 말할 수 없는 안타까운 일입니다." (WIPE)

나무꾼과 행려승, 뒤쪽에서 대기하고 있다.

그 앞으로 양 손을 뒤로 포박당한 다조마루(多襄丸)와 그 새끼줄을 끌고 오는 호멘(放免, 예전에 경범자를 방면하여 게비이시가 정보원으로 쓰던 자).

호멘, 이따금 다조마루 얼굴을 훔쳐보면서 자랑스러운 표정으로 이야기한다.

"제가 붙잡은 놈은 다조마루… 예… 저 도성 안팎으로 소문이 자자한 도둑 다조마루이옵니다. 일전에 제가 붙잡으려다 놓칠 때에도, 역시 이 감색 평상복에, 훌륭한 무늬가 새겨진 칼을 차고 있었습니다…"

다조마루는 입을 반 쯤 벌린 채, 흐리멍덩한 눈으로 멀거니 하늘을 쳐다보고 있다.

하늘에는 눈이 따가울 만큼 새 하얀 뭉게구름.

호멘 "예… 엊그저께 초경(初更, 오후 7-9시 사이)이었습니다. 아와다구치(粟田口) 돌다리 위에서…"

12. 돌다리 위

서두른 발걸음으로 오는 호멘.

멈춰 선다.

다리 위에 엎드려 괴로워하는 사람의 모습.

호멘, 다가가 안아 일으킨다.

"무슨 일인가?"

괴로움에 심하게 일그러진 다조마루의 얼굴.

호멘, 깜짝 놀라 손을 놓고 갑자기 물러선다.

다시 돌다리 위로 맥없이 쓰러진 다조마루.

조심스레 방어 자세를 취하는 호멘.

그러나 다조마루는 정신없이 괴로워하고 있을 뿐 - 그의 등엔 반짝이는 검게 칠한 화살집.

너무 괴로운 나머지, 손톱으로 돌을 할퀴는 다조마루의 손 - 그 옆에 어지럽게 흩어진 매의 깃털로 만든 화살과 활.

13. 다리 옆

말이 긴 말고삐를 끈 채, 길가에 난 풀을 뜯어먹고 있다.

14. 게비이시 관청 마당

호멘 "검게 칠한 화살집… 매의 깃털로 만든 화살이 열일곱 자루… 가죽을 두른 활… 이것은 모두 살해당한 그 남자가 가지고 있던 것이옵니다. 예… 그리고 말도 짧은 갈기의 불그스름한 털빛… 하지만 악명으로 유명한 다조마루가 자신이 빼앗은 말에서 떨어져 버리다니, 이것도 어쩐지 인과응보가 틀림없습니다."

다조마루가 갑자기 뒤돌아보며 호멘을 확 노려본다.

겁먹어 움츠러드는 호멘.

다조마루, 갑자기 거칠게 웃는다.

"하하하… 다조마루가 말에서 떨어졌다구… 바보같은 소리 마라… 난 그 날… 그 말을 타고 있는 동안 목이 말라 견딜 수 없었지. 오사카

(逢坂)를 넘었을 즈음 바위 사이로 흐르는 물을 마셨어. 아마도 물의 상류 쪽에 독사라도 죽어 있던 모양이야. 조금 있자, 난 눈앞이 캄캄할 정도로 배가 아프기 시작했어. 저녁 무렵이 되어 그 다리 위에 다다를 때에는 제아무리 나라 해도 견딜 수 없었지… 그래서 난 말에서 내려 그 다리 위에 몸을 웅크리고 있었던 거야… 하하하… 다조마루가 말에서 떨어졌다구?… 하하하… 미친한 관리에겐 역시 미천한 생각밖에 하지 못하는 것 같군."

다조마루, 호멘을 비웃으며 거만하게 정면을 바라본다.

"어차피 한번은 내 목이 가죽나무 끝에 걸릴 것이라 생각했지. 그러니 비겁하게 감추거나 숨기지 않겠다. 분명히 그 남자를 죽인 건 바로 이 다조마루다. 내가 그 부부를 본 건 삼일 전 무척이나 무더운 오후였지. 그런데 그 때 갑자기 푸른 나뭇잎이 휘날리며 서늘한 바람이 불어왔어. 그래, 그 바람만 불지 않았더라면 그 남자도 내 손에 죽지 않았을 것을…"

15. 역로

큰 나무 아래를 그늘로 삼아, 널브러지게 누워있는 다조마루.

온통 땀에 젖은 얼굴을, 눈을 감은 채 나른한 듯 닦는다.

말발굽 소리.

다조마루, 실눈을 뜨고 본다.

타오르는 듯한 뙤약볕 길에 검은 그림자를 떨구며, 가나자와 출신의 다케히로가 그의 아내를 태운 말을 끌고 온다.

실눈으로 그것을 바라보는 다조마루.

흔들리는 앞가리개를 늘어뜨린 이치메 가사.

그것을 실눈으로 쫓던 다조마루, 흥미 없다는 듯 눈을 감고, 다가오는 발굽소리를 들으며 꾸벅꾸벅 졸고 있다.

그 때, 큰 나무 가지 끝을 요란스럽게 바람이 분다.

살쩍(鬢毛, 관자놀이와 귀 사이에 난 머리털)이 가볍게 흔들리며, 기분 좋게 실눈을 뜬 다조마루.

그의 눈엔, 지금까지 덮여 있던 엷은 앞가리개가 바람에 날리며 드러낸 마사고의 얼굴이 숨이 막힐 듯 아름다움에 사로잡힌다.

퍼뜩 잠에서 깬 다조마루.

순간, 앞가리개는 덮인다.

말 등 위에 흔들리며 멀어져가는 이치메 가사.

멍하니 지켜보는 다조마루.

그의 손이 무의식적으로 칼을 쥐고 있다.

16. 게비이시 관청 마당

다조마루 "슬쩍… 봤다고 생각한 순간엔 이미 사라지고 없었어. 내가 남자를 죽인 건 그 때문이었는지도 몰라. 내겐 그 여자의 얼굴이 여보살처럼 보였단 말이야. 난 순간 설령 그 남자를 죽여서라도 여자를 빼앗으려고 결심했지. 그러나 남자를 죽이지 않고서도 여자를 빼앗을 수 있다면, 별다른 불만은 없으니까 말야. 아니, 그 때 내 마음은 가능하면 남자를 죽이지 않고 여자를 빼앗을 생각이었어. 하지만 그 야마나시 역로에선 도저히 그렇게 할 수 없었지."

17. 역로

"어이, 이봐."

다조마루가 부르며 달려간다.

"어이, 이봐."

가나자와 출신 다케히로가 말 등 위에 탄 아내를 보호하려는 듯, 칼을 꽉 주고 다조마루를 마주한다.

다케히로 "무슨 일인가?"

다조마루, 갑자기 허리에 찬 칼을 단숨에 뽑는다.

홱 뒤로 물러서며 칼을 겨누는 다케히로.

다조마루 "하하하… 난 수상한 사람이 아니요."

라고 말하며, 칼자루를 다케히로 앞으로 내민다.

"어떻소? 훌륭하지 않소."

다케히로 "?"

다조마루 "손에 들고 잘 보시오. 실은 건너편 산에 옛무덤이 있어 파보았더니, 이처럼 훌륭한 칼과 비수, 거울 따위가 엄청 나왔지 뭐요. 그래서 난 아무도 모르게 이 숲 속에다 그것들을 파묻어 놨소. 만일 원하는 게 있다면 무엇이든 헐값으로 팔아넘길 생각이오."

다케히로, 조금씩 마음이 동요하기 시작한다.

다조마루에게서 건너 받은 칼을 지그시 바라본다.

18. 산길

말이 마사고를 태운 채 풀을 뜯어먹고 있다.

그 옆에 놓여져 있는 화살이 든 화살집과 활.

19. 숲 속(A)

다조마루가 다케히로를 안내하며 안으로, 안으로 들어간다.

20. 숲 속(B)

두 사람, 온다.

다조마루 "저 덤불 건너편이오."

다케히로 "앞 장 서게."

다케히로의 손은 방심 않고 칼을 쥐고 있다.

다조마루, 쓴웃음 지으며 앞장선다.

다케히로, 뒤를 따라간다.

21. 숲 속(C)

두 사람, 온다.

다조마루 둘러보며,

"저기, 저 삼나무 밑동이오."

엉겁결에 삼나무를 향해 서며, 다조마루에게 등을 보인 다케히로.

다조마루는 그 등을 향해 표범처럼 덤벼든다. (WIPE)

22. 숲 속(B)

달리는 다조마루.

23. 숲 속(A)

달리는 다조마루.

24. 산길

다조마루 "큰일났다!!"

숲 속에서 허겁지겁 나온다.

"남편이 독사에 물렸어."

마사고, 깜짝 놀라며 이치메 가사를 벗자, 창백한 얼굴에 얼어붙은 듯한 모습으로 다조마루를 쳐다본다.

25. 게비이시 관청 마당

다조마루 "…갑자기 창백해진 그 때의 여자 얼굴… 얼어붙은 듯이 나를 바라봤지… 어딘가 천진난만하면서 진지한 얼굴… 그 얼굴을 보자, 갑자기 난 그 남자가 샘나고 미워졌어. 그래서 삼나무 밑동에 비참하게 옭아 매인 남자를, 이 여자에게 보여주고 싶었지. 그때까지 생각지도 못했던, 이러한 생각이 별안간 머리에 떠올랐지."

26. 숲 속(A)

다조마루와 마사고가 달려간다.

마사고는 오른손을 다조마루에게 이끌린 채 왼손에 이치메 가사를 쥐고 있다.

27. 숲 속(B)

달려가는 두 사람.

관목 잔가지에 떨어뜨린 이치메 가사.

28. 숲 속(C)

두 사람, 온다.

마사고, 그 자리에 우뚝 선다.

삼나무 밑동에 결박당한 다케히로.

마사고는 그 다케히로를 -

다케히로는 다조마루를 -

다조마루는 마사고를 쳐다본다.

그리고 이번에는 마사고가 다조마루를 -

다조마루가 다케히로를 -

다케히로가 마사고를 쳐다본다.

갑자기 마사고는 품에서 꺼낸 단도를 번뜩이며 다조마루의 옆구리를 덮친다.

날렵하게 몸을 돌려 칼을 피하는 다조마루.

두 번, 세 번… 네 번, 다섯 번… 마사고의 단도는 허공을 가른다.

다케히로의 얼굴, 이상한 긴장감을 보이며 두 사람의 격투를 좇아가는 눈길.

서로 노려보는 다조마루와 마사고.

서서히 다가오는 마사고의 발.

천천히 물러서는 다조마루의 발.

마사고의 얼굴.

다조마루의 얼굴.

마사고의 눈.

다조마루의 목소리.

"지금까지 난 그 정도로 성질이 사나운 여자를 본 적이 없었어."

마사고, 확 달려든다.

허공을 가르는 마사고의 단도.

그 손목을 잽싸게 잡는 다조마루의 손.

다케히로, 엉겁결에 눈을 감는다.

그리고 고개를 숙이면서도 눈을 치켜 뜬다.

다조마루의 오른손이 마사고의 가슴을 힘껏 껴안고 있다.

왼손은 단도를 쥔 마사고의 오른쪽 손목을 꺾일 정도로 꽉 주고 있다.

그리고 빨갛게 상기된 다조마루의 얼굴이 뒤로 몸이 젖히며 괴로워하는 마사고의 얼굴에 덮친다.

좌우로 목을 비틀며 빠져 나가려는 마사고에게 억지로 입맞춤하는 다조마루.

마사고의 오른손에서 힘없이 단도가 떨어진다.

핏발이 선 채 두 눈을 부릅뜬 다케히로.

입맞춤을 계속하는 다조마루의 등 모습.

부풀어 오른 근육에 들어붙은 땀범벅이가 된 평상복.

그 위로 마사고의 하얀 손이 주저하면서 엉켜 붙는다.

다케히로, 비통한 마음에 눈을 감는다.

그의 볼 근육이 실룩거리며 떨고 있다.

29. 게비이시 관청 마당

다조마루 "결국 난 생각한 대로, 남자의 목숨을 빼앗지 않고도 여자를 손에 넣을 수 있었지. 남자의 목숨을 빼앗지 않고도… 그래. 게다가 난 남자를 죽일 생각이 없었어. 그런데…"

30. 숲 속(C)

엎드려 울던 마사고가 휭하니 일어선다.

떠나는 다조마루를 쫓아가더니, 그의 앞에 서서 가로 막는다.

"잠깐만!"

다조마루, 말없이 마사고를 밀어젖히고 가려고 한다.

"잠깐만!"

마사고, 다조마루의 소매에 매달린다.

"…당신이 죽든, 남편이 죽든, 두 남자 중 어느 쪽이든 한 사람… 어느 쪽이든 한 사람 죽으세요!!"

다조마루 "…"

마사고 "두 남자에게 수치를 보인 건… 죽는 것보다… 죽는 것보다 괴로워요…"

다조마루 "…"

마사고 "전… 전… 두 사람 중 어느 사람이든, 살아남은 남자와 같이 살 거예요."

마사고의 눈은 단 한번 깜빡임도 없이 다조마루의 눈을 바라보고 있다.

다조마루, 그 눈을 잠시 바라보고 있다가, 이윽고 다케히로를 뒤돌아본다.

눈을 감은 다케히로의 창백한 얼굴.

그 얼굴 위로, 나뭇잎이 조용히 흔들린다.

다조마루, 다시 마사고를 본다.

그녀의 타는 듯한 눈동자.

다조마루, 칼을 꽉 쥐고 성큼성큼 다케히로에게 다가간다.

갑자기 칼을 빼내어 다케히로가 묶여있던 새끼줄을 자른다.

다케히로, 낯빛을 붉히고 일어서자, 칼을 빼들고 말없이 다조마루에게 덤빈다.

격투, 서로 칼이 부딪친 지 20여 합(合) -

다조마루, 마침내 다케히로를 쓰러뜨린다.

31. 게비이시 관청 마당

다조마루 "난 남자를 죽인다 해도, 비겁하게 죽이고 싶지 않았어. 그리고 그 남자는 훌륭하게 싸웠지… 내 칼은 23합 째에… 이걸 잊지 말아줘. 난 지금도 이 것만큼은 대단하다고 생각해. 나와 20합 칼날이 맞부딪치며 싸운 자는 천하의 그 남자 한 사람뿐이니까… 하하하 … 뭐? 여자는 어떻게 됐냐구?… 그야 모르지, 난 남자가 쓰러지는 동시에, 여자 쪽을 뒤돌아보았지. 근데 여자는 어디에도 없었어. 아마도 우리들의 칼싸움이 시작하자, 무서워서 도망쳤겠지. 꽤나 당황했던 모양인지 산길을 나가보니, 말이 버려진 채 조용히 풀을 뜯어 먹고 있었어. 난 그 성질이 사나운 여자에 마음이 끌렸던 거야. 그러나 결국은 여느 보통 여자에 불과했지… 하하하… 난 찾으려는 마음도 없었어… 뭐? 남자가 쓰던 칼? 그 칼은 그 날 읍내가서 술로 바꿔 마셨지. 뭐라구? 여자가 갖고 있던 단도?… 맞아. 그러고 보니 자개를 새겨 넣은 게 꽤 값나가는 물건처럼 보였는데… 난 까맣게 잊어먹고 있었네… 아깝게 됐군… 다조마루, 일생일대의 실수로군… 하하하."

다조마루의 말을 가만히 듣고 있는 행려승과 나무꾼 -

나무꾼은 뭔가 여우에 홀린 듯한 표정이다. (O · L)

32. 라쇼몬

내려 쏟는 비.

나무꾼, 행려승, 하인.

하인, 지루한 듯이 크게 하품을 하며,

"…후유… 다조마루라는 녀석은 도성을 배회하는 도둑 가운데에서도 여자 밝히기로 유명한 녀석이지. 작년 가을 도리베(鳥部) 절에 있는 빈두로(賓頭盧, 석가모니의 불칙(佛勅)을 받들어 열반에 들지 아니하고, 천축 마리지산(摩利支山)에 살면서 중생을 제도하는 아라한) 뒷산에 불공을 드리려고 온 궁녀 한 명이 어린 하녀와 함께 죽음을 당한 것도 이 자의 짓이 틀림없어. 그러니 말을 버리고 달아났다는 여자도, 어디서 무얼 당했는지 어떻게 알겠어."

행려승 "그런데 그 여자가 게비이시 관청에 나타났지… 어느 절간에 몸을 숨기고 있는 걸 호멘에게 발각된 모양인 게야."

나무꾼이, 갑자기 투덜거린다.

"거짓말이야!… 모두가 다 거짓말이야! 다조마루의 얘기도 여자의 얘기도…"

하인 "후후후… 진실을 말할 수 없는 게 인간이지… 인간이란 놈은 말이야, 자기 자신에게조차 자백 못하는 일이 많아."

행려승 "그럴지도 모르지… 그러나 인간은 약하기 때문에 그런 것이라네… 약하기 때문에 거짓말도 하고… 자신조차 속이지."

하인 "에그… 또 설교라도 하시게, 난 거짓말이든 농담이든 상관없어. 이야기만 재미있으면 그만이니까…"

행려승 "그게 다조마루의 이야기와는 전혀 딴판인 게야… 다르다고 하면, 그 여자의 얼굴생김새도 다조마루가 말한 것처럼 당찬 데라곤 조금도 보이지 않았네. 다만 가련할 정도로 온순한 모습이었지."
(O · L)

33. 게비이시 관청 마당

한 동안은 그저 하염없이 울고 있는 마사고 -

이윽고 눈물에 젖은 얼굴을 들더니 말을 꺼낸다.

"전 포박당한 남편을 봤을 때, 저도 모르게 단도를 빼냈습니다. … 그러나 여자인 제가 무엇을 할 수 있겠습니까?… 저는 순식간에 단도를 빼앗기고 말았던 겁니다… 그리고 저는… 단도를 빼앗긴 제게는… 남편을 구하기 위해 단지 한 가지 길밖에 남아있지 않았습니다…"

마사고, 격하게 쓰러져 운다.

이윽고 흐느껴 울면서 이야기를 계속한다.

"…감색 평상복을 입은 남자는 절 욕보이고 나서, 자신이야말로 지금 도성에서 유명한 다조마루라고 자랑스러운 듯이 뽐내며, 묶여있는 남편을 조롱하듯 바라봤습니다… 남편은 얼마나 분하고 원통했을까요… 하지만 아무리 몸부림을 쳐도 온몸에 감긴 새끼줄은 한층 더 죄어올 뿐이었습니다. 저는 엉겁결에 남편 옆으로 뛰어 다가갔습니다. 아니… 뛰어 다가가려고 했습니다."

34. 숲 속(C)

다케히로에게 뛰어 다가가려는 마사고.

다조마루가 그러한 마사고를 느닷없이 걷어찬다.

그리고 수풀 위로 쓰러진 마사고를 거들떠보지도 않고, 성큼성큼 다케히로에게 다가가 칼을 빼앗고 바람처럼 달아난다.

그 난폭한 웃음소리가 나무들 사이로 메아리가 되어 점점 사라진다.

그리고 정적이 찾아온다.

그 정적 속에 불행한 아내와 남편만이 남아 있다.

수풀에 쓰러져 울던 마사고가 조심스레 고개를 들며, 눈물 젖은 눈으로 아린 듯 다케히로를 바라본다.

그리고 다케히로에게 매달리려는 순간, 뭔가 움찔하며 몸이 굳어진다.

가만히 마사고를 바라보는 다케히로의 눈.

그 차가운 눈빛.

35. 게비이시 관청 마당

마사고 "…저는 그 눈빛을 떠올릴 때면 당장이라도 몸 안의 피가 얼어붙는 듯한 느낌이듭니다. 남편의 눈 속에 번뜩이고 있었던 건 분노도 슬픔도 아니었습니다… 다만… 다만 저를 경멸하는 차가운 눈빛이었습니다."

36. 숲 속

마사고, 다케히로의 눈을 바라본 채 외친다.

"그만… 그런 눈으로 절 보는 건 그만…"

다케히로, 그런 마사고를 냉담히 지켜본 채 움직이지 않는다.

마사고는 더욱 더 미쳐간다.

"…너무해요… 저는 당신에게 맞아도… 아니 죽임을 당해도 상관없어요… 하지만 그런 눈으로 보는 것은 너무해요…"

비웃는 듯한 엷은 웃음을 띄운 채 얼어붙은 다케히로의 얼굴.

마사고, 그런 눈을 피하려는 듯 두 손으로 얼굴을 감싸며 쓰러져 울다가, 불쑥 몸을 일으키더니, 허둥지둥 주위를 둘러보며 수풀 속에서 단도를 줍는다. 그리고 그 단도로 다케히로를 묶은 새끼줄을 자른다.

"…자, 죽여주세요… 단숨에 저를 죽여주세요."

라고 하며 단도를 다케히로에게 내민다.

다케히로, 손을 내밀지 않는다.

다만 말없이 차갑게 마사고를 바라보고 있다.

"아아!"

비통한 신음소리를 내며, 마사고는 비틀비틀 일어선다.

가만히 다케히로를 응시하며 선다.

다케히로의 눈에는 냉소의 빛이 떠있다.

"그만!!… 제발 그만해!!"

마사고, 절규하며 단도를 꽉 쥔다.

비틀비틀 몽유병자처럼 다케히로의 가슴에 넘어지려 한다.

37. 게비이시 관청 마당

흐느끼며 이야기하는 마사고.

"…저는 그대로 정신을 잃고 말았습니다… 정신이 들어 둘러보았을 때… 그 때 제 놀라움이란… 남편의… 숨이 끊어진 남편의 가슴 위엔 제 단도가 차갑게 빛나고 있었던 것입니다… 저는 너무나 무서운 나머지 비몽사몽간에 숲에서 도망쳤습니다… 다시 제 정신이 들었을 땐, 저 산 기슭에 있는 연못 근처에 서 있었습니다… 그리고 저는 어찌 된 영문인지… 그것만큼은 더 이상 제게는 말씀 드릴 힘도 없습니다… 저는 연못에 몸을 던졌습니다… 그 외에도 온갖 짓을 다해 죽으려고 했습니다… 그러나 전… 차마 죽을 수 없었습니다… 저는… 이 약하고… 어리석은 저는… 도대체 어찌하면 좋겠습니까?…"

마사고, 울음을 터뜨리며 쓰러진다.

그 모습을 어이없이 바라보는 행려승과 나무꾼. (O · L)

38. 라쇼몬

내려 쏟는 비.

나무꾼, 행려승, 하인.

과연 하인도 어리둥절해한다.

하인 "음… 정말 나도 뭐가 뭔지 모르겠군… 원래 여자란 건 뭐든지 눈물로 속이거든. 자기 자신마저 속여 버려. 그러니까 여자의 애긴 여간 주의해서 듣지 않으면 위험해."

행려승 "그런데 그 죽은 남자의 이야기를 들으면…"

하인 "뭐라구? 죽은 남자의 이야기… 죽은 남자가 어떻게 애기를 한단 말이야?"

행려승 "무녀(巫女)의 입을 빌려 이야기한 거네."

하인 "음"

나무꾼 "거짓말이야! 그 남자 이야기도 거짓말이야!"

행려승 "그러나 죽은 사람까지 거짓말을 한다고는 생각할 수 없지."

하인 "어째서죠? 스님."

행려승 "…인간이 그렇게 죄가 많다고는 생각하고 싶지 않네."

하인 "그건 스님 생각하기 나름이지만… 도대체 세상에 올바른 인간이 있을까요?… 모두 스스로 그렇게 생각할 뿐이지 않수?…"

행려승 "그런 무서운 말을…"

하인 "하하하… 인간이란 놈은 말이죠, 자신에게 불리한 것은 쉽게 잊어버리고, 유리한 거짓말을 진실이라고 믿도록 생겨먹었지… 그러는 게 쉽거든… 하하하."

행려승 "…그, 그런 당치 않는 말을…"

하인 "하하하… 아무렴 어때… 어찌됐든 그 죽은 남자의 애길 들어 보자구요."

행려승 "…"

번개가 번쩍인다. 천둥이 울린다. (O · L)

39. 게비이시 관청 마당

괴이한 모습을 한 무녀가 몸을 떨며, 입을 움씰거리고 있다.

그 입에서 흘러나오는 목소리는 다케히로의 목소리다.

"…난 지금 어둠 속에 있다… 한 줄기 빛도 없는 어둠 속에서 괴로워 몸부림치고 있다… 이 고통의 어둠에 나를 떨어뜨린 자에게 저주가 있으라…"

무녀는 한 동안 춤을 추 듯 떨면서, 사람의 목소리인지 짐승의 목소리인지 분간할 수 없는 신음소리를 내며 다시 말을 꺼낸다.

"…도둑은 아내를 겁탈하고 나서, 그곳에 앉은 채 여러 말로 아내를 위로하기 시작했다. 아내는 쓸쓸히 대나무 낙엽 위에 앉으며 물끄러미 무릎을 쳐다보고 있었지… 도둑은 교묘하게 이야기를 늘어놓았어. …한번이라도 몸을 더럽히게 되면, 어차피 남편과의 사이도 좋을 리 없을 거야. 그런 남편과 같이 사느니보다 내 아내가 될 마음은 없는가? 난 그대를 사랑하기 때문에, 이런 엄청난 짓을 저질렀던 거야… 도둑에게 이런 말을 들었을 때, 아내는 매료된 표정으로 얼굴을 쳐들었다… 난… 여태껏 그때만큼 아름다운 아내를 본 적이 없다…"

40. 숲 속(C)

나뭇잎 사이로 비치는 햇살 속에 마사고의 얼굴.

마사고는 넋을 잃고 다조마루의 얼굴을 바라보고 있다. 그리고 그 두 사람 사이로부터 약 4~5간(間) 떨어진 맞은편에서 몸부림치는 다케히로가 보인다.

다케히로의 얼굴 - 그 얼굴에 다케히로의 목소리가 뒤덮는다.

"…그 아름다운 아내가 지금 묶어있는 남편 앞에서, 뭐라고 도둑에게 답하였는가?…"

마사고, 다조마루에게 말한다.

"…어디든지… 어디든지 데려가 주세요."

41. 게비이시 관청 마당

무녀가 다케히로의 목소리로 외친다.

"…아내는 분명히 그렇게 말했다!… 그러나 아내의 죄는 그것만이 아니다. 그것만이라면 난 이 어둠 속에서 지금만큼 괴롭지 않을 것이다."

42. 숲 속(C)

다조마루, 다케히로로부터 칼을 빼앗으라고 마사고를 재촉한다.

마사고, 가만히 다케히로를 쳐다본다.

갑자기 다케히로를 가리키더니, 다조마루를 쳐다보며 미친 듯이 외친다.

"저 사람을 죽여주세요. 저는 저 사람이 살아 있으면 당신과 함께 갈 수 없어요. 저 사람을 죽여주세요."

43. 게비이시 관청 마당

무녀가 악귀의 형상을 하며 다케히로의 저주를 부르짖는다.

"…이 말은 폭풍처럼 지금도 먼 어둠 밑바닥으로 곤두박질치는 날 떨어뜨리려고 한다… 이것만큼 증오어린 말이… 이것만큼 저주스런 말이, 한 번이라도 인간의 입에서 나온 적이 있는가… 그 말을 들었을 땐 도둑마저 놀라 얼굴빛이 창백해 졌다!"

44. 숲 속(C)

"저 사람을 죽여주세요, 저 사람을 죽여주세요."

라고 매달리는 마사고를 망연히 내려다보는 다조마루 - 갑자기 마사고를 발로 걷어차 쓰러뜨린다.

45. 게비이시 관청 마당

무녀의 입에서 괴이하고 날카로운 비웃음이 뿜어 나온다.

46. 숲 속(C)

쓰러진 마사고를 짓밟고 선 다조마루. 조용히 팔짱을 끼며 다케히로에게 말한다.

"이봐… 이 여자를 어떻게 할 생각인가… 죽일까? 아니면 살려줄까?… 고개만 끄덕이면 돼…"

망연한 다케히로의 얼굴 - 거기에 다케히로의 목소리가 뒤덮는다.

"난 그 말만으로도 도둑이 지은 죄를 용서해도 좋다고 생각했다."

다조마루가 한 걸음 다케히로 앞으로 다가선다.

"이봐… 죽일까?… 살릴까?"

그 사이, 마사고는 벌떡 일어난다.

뭔가 외마디 소리를 지르기 무섭게, 순식간에 덤불 속으로 도망친다.

다조마루, 그 뒤를 쫓아간다.

혼자 남은 다케히로 – 소상(塑像, 찰흙이나 석고로 만든 형상)처럼 눈앞을 바라본 채 움직이지 않는다.

47. 풀 위의 숲 그림자

다케히로의 목소리.

"그리고 얼마나 지났을까?"

48. 숲 속(C)

다조마루가 되돌아온다.

다케히로 앞에 서서, 가만히 다케히로를 내려다본다.

다케히로는 정신 나간 듯 눈 깜박이지 않는다.

다조마루, 칼을 뽑는다.

다케히로가 묶인 새끼줄을 자른다.

다케히로, 비로소 다조마루를 쳐다본다.

다조마루 "…여자는 도망쳤다… 나중 일은 네게 맡기마…"

라고 말하며 조용히 떠난다.

또다시 다케히로만 남는다.

다케히로, 망연히 하늘을 바라본다.

49. 나뭇가지 끝에 부는 바람

다케히로의 목소리.

"…조용하다… 어딘가에서 누군가 우는 소리가 난다… 누군가 울고 있다… 울고 있는 건 누굴까?…"

50. 숲 속(C)

울고 있는 것은 다케히로다.

오열하며 새끼줄을 풀더니, 비틀거리면서 일어선다.

두, 세 걸음 걸으며 멈춰 선다.

풀 위에 한 곳을 물끄러미 보고 있다.

풀 위에서 반짝이는 마사고의 단도.

다케히로, 그것을 주워들더니 자신의 가슴을 향해 단숨에 찌른다.

51. 게비이시 관청 마당

격하게 몸을 떠는 무녀.

어느 정도 진정되자, 얼굴이 마치 가면을 쓴 것처럼 새파랗게 변한다.

그리고 희미하게 움직이는 입 속에서, 뭔가 해괴하게 멀리서부터 들려오는 듯한 다케히로의 목소리가 흘러나온다.

"…조용하다… 이 얼마나 조용하단 말인가… 햇빛이 갑자기 희미해졌다… 내 주위엔 어느 샌가 엷은 어둠이 자욱하게 끼었다… 그 속에서 난 깊은 조용함에 둘러싸여 쓰러져 있었다… 그 때… 누군가 발소리를 죽여 가며 내 옆으로 온 자가 있다… 누군가… 그 누군가의 손이 살며시 내 가슴에 박힌 단도를 쥔다… 그리고 조용히 뽑아냈다…"

갑자기 푹하고 앞으로 쓰러지는 무녀.

무서운 듯 꼼짝 않고 그 모습을 지켜보는 행려승과 나무꾼.

나무꾼은 후들후들 떨고 있다. (O · L)

52. 라쇼몬

나무꾼이 일어서더니 정신없이 외친다.

“거짓말이야!! 거짓말!!… 남자의 가슴에 단도 따위 꽂혀 있지 않았어!! 남자는 칼에 찔린 거야!!”

깜짝 놀라며, 그 모습을 바라보고 있는 행려승과 하인.

비는 하염없이 내리고, 세 사람을 꼼짝 못하게 하고 있다. 제 정신이 든 나무꾼. 머뭇거리며 행려승과 하인을 보더니, 다시 맥없이 웅크리고 앉는다.

젖은 소매로 얼굴의 비지땀을 닦는다.

하인, 히쭉히쭉 천한 웃음으로,

“음… 이거 점점 재미있어지겠는걸…”

라고 말하며 나무꾼의 얼굴을 들여다본다.

“이봐… 자넨, 이 얘기의 자초지종을 죄다 본 것 같군.”

나무꾼, 멍하니 밖에 비 내리는 쪽을 바라보며 고개를 끄덕인다.

하인 “그럼, 왜 게비이시 관청에서 그 얘기하지 않았지?”

나무꾼 “…난… 말려들기 싫었던 거야.”

하인 “음… 하지만 여기서 얘기하는 건 상관없겠지.”

나무꾼 “…”

하인 “이봐, 얘기해 봐… 자네 얘기가 제일 재미있을 거 같군.”

행려승 “…난 듣고 싶지 않네… 더 이상 무서운 이야기는 질색이네.”

하인 “흥… 이런 얘기는 지금 세상에 널렸다구… 여기 라쇼몬에 살고 있던 귀신이 인간의 무서움에 도망쳤다는 얘기마저 있다구."

행려승 "…"

하인(나무꾼에게) "그럼… 자넨, 이 얘기를 어디부터 안거야?"

나무꾼 "난 산에서 이치메 가사를 발견했어…"

하인 "그건 좀 전에 들었어."

나무꾼 "…그리고 10간(間) 쯤 가니, 여자 울음소리가 들려 왔지… 몰래 덤불 그늘에 서서 엿보니, 묶여 있는 남자와 울고 있는 여자 그리고 다조마루가 보였어."

하인 "잠, 잠깐… 그러면 자네가 남자 시체를 발견했다는 좀 전의 말은 지어낸 얘기였어?"

나무꾼 "…난… 말려드는 게 싫었던 거야… 그래서…"

하인 "(수상쩍은 듯 나무꾼을 뚫어지게 보고 있지만) …어쨌든 됐으니까… 이야기를 계속해 보라구… 다조마루는 뭘 하고 있었지?"

나무꾼 "…다조마루는 여자 앞에서 손을 짚고 엎드려 사죄하고 있었어."

하인 "?!"

53. 숲 속(C)

울고 있는 마사고 앞에서 손을 짚고 엎드린 다조마루.

"…난 지금까지 나쁜 생각에 괴로우면, 그 나쁜 생각이 하라는 대로 살아온 남자다… 그게 괴로움에서 벗어나려는 가장 좋은 방법이라 믿어 왔지… 그러나 오늘은… 그렇지 않아… 널 손에 넣었지만, 난 널 더욱 더 갖고 싶을 뿐이다… 더욱 더 괴로워질 뿐이라구… 부탁이니… 내 아내가 돼 다오… 도성 안팎으로 유명한 이 다조마루가 이렇게 손을 짚고 엎드려 부탁하마."

마사고, 잠깐 울음을 멈춘다.

그리고 재차 울기 시작한다.

다조마루 "…난 네가 원한다면 도둑질에서 손을 떼도 상관없다… 너 하나 풍족하게 해 줄 정도의 금과 은은 갖고 있으니까… 아니, 그런 더러운 금과 은이 싫다고 한다면 땀 흘리며 열심히 일하겠다… 물건을 파는 한이 있더라도 너를 고생시키지 않겠다구… 네가 내 것이라는 증표만 있으면, 난 어떤 고생도 마다하지 않을 거다… 부탁이니… 내 아내가 돼 다오."

계속해서 울고 있는 마사고.

다조마루 "…부탁이다… 만일 네가 싫다고 말한다면, 난 널 죽일 수밖에 없다… 부탁이니 내 아내가 돼 다오…"

마사고, 점점 더 격렬하게 울며 쓰러진다.

다조마루 "…울지 마라… 울지 말고 대답해 다오, 내 아내가 돼 준다고 말해 다오… 말해라!… 말하지 않을 거냐!"

울고 있는 마사고.

돌연 얼굴을 쳐들더니, 자세를 바로 잡고,

마사고 "안됩니다."

다조마루 "…"

마사고 "…전 말할 수 없습니다… 아니… 여자인 제가 무슨 말을 할 수 있겠습니까?"

다조마루 "…"

마사고, 갑자기 일어나 풀 속에서 단도를 주어 다케히로에게 뛰어다가간다.

다케히로가 묶인 새끼줄을 자르더니, 그 자리에서 울며 쓰러진다.

망연히 서 있던 다조마루.

"…알았다… 그걸 결정하는 건 우리 사내들이란 거로군."

하며 칼을 꽉 쥐고 다케히로를 본다.

비틀거리며 일어서는 다케히로, 다조마루의 모습을 손으로 제지하며,

"기다려!… 난 이런 여자 때문에 목숨을 거는 건 질색이다."

다조마루 "?!"

마사고를 내려다본다.

마사고, 다케히로를 쳐다본다.

그것을 내려다보는 다케히로, 밉살스럽게 말한다.

"두 사내에게 욕을 보이고도 어째 자결하려 하지 않다니… 정말로 어이없는 여자로군."

그리고 다조마루에게 말한다.

"이런 매춘부는 아깝지 않다… 갖고 싶다면 주지!… 이렇게 된 바에야, 이런 여자보다 저 불그스름한 털빛 말을 빼앗기는 게 아까울 뿐이다."

다조마루, 다케히로와 마사고를 번갈아 바라보며 생각에 잠기다.

마사고는 메마른 눈으로 다조마루를 본다.

가만히 그 눈을 마주 쳐다보는 다조마루.

– 사이 –

다조마루, 몸을 홱 돌리며 떠난다.

마사고가 뒤쫓는다.

"잠깐만!"

다조마루, 마사고를 노려본다.

"따라오지 마라."

마사고, 다조마루와 다케히로 사이에서 맥없이 쓰러진다.

다케히로 "울지 마, 아무리 조신한 척 울어도, 이제 그 꾀에 넘어갈 사람은 없어."

맥없이 주저앉은 마사고.

다조마루 "그만해! 슬퍼하는 여자를 괴롭히지 마라… 여자란 건… 어차피 이처럼 하잘 것 없으니까."

낙심한 마사고의 표정.

슬픈 듯이 고개를 숙이는 마사고의 어깨가 실룩실룩 떨고 있다.

잠시 그 모습을 내려다보며 서 있는 다조마루와 다케히로.

마사고의 떨고 있는 어깨 아래로, 꾹 참던 목소리가 새어 나온다.

"킥! 킥! 킥!"

이윽고 마사고, 웃음보를 터뜨린다.

깜짝 놀란 듯, 이를 내려다보는 다조마루와 다케히로.

마사고, 여자의 조신한 가면을 벗어 던지며 독살스런 표정으로 크게 외친다.

"호호호… 하잘 것 없는 건 바로 너희들이야… (다케히로에게 말한다) …남편이란 자가 어째서 이 남자를 죽이지 않지… 나보고 죽으라고 말하지 전에 어째서 이 남자를 죽이지 않느냐 말이야… 이 남자를 죽이고 난 다음에 나보고 죽으라고 말해야 사내답지 않아?… (다조마루에게 말한다) … 너도 사내가 아니야… 다조마루라 이름을 들었을 때, 난 엉겁결에 우는 것을 멈췄어… 이 구질구질한 연극에 진절머리가 났기 때문이야… 다조마루라면 나의 지긋지긋한 삶을 해결해 줄지 몰라… 그렇게 생각했었어… 이런 어쩔 수 없는 상황에서 날 구해준다면, 어떤 난폭하고, 무법적인 일을 해도 상관없다고… 그렇게 생각했었어… 그런데… 너도, 내 남편과 마찬가지로 약삭빠를 뿐이야… 기억해 두는 게 좋아… 여자는 뭐든 잊고 미친놈처럼 될 수 있는 사내의 몫이야!!… 여자는 허리에 찬 칼을 걸고 자신의 것으로 하는 자의 몫이라구!!"

그렇게 말을 마치며 마사고는 강렬하게 타는 듯한 눈빛으로 부추기듯 두 사람을 본다.

다조마루, 칼을 번쩍 뽑는다.

그런 다조마루에게 달려가 보이는 마사고 -

두, 세 걸음에서 다케히로를 뒤돌아본다.

다케히로도 칼을 뽑는다.

마사고, 소름끼치는 듯한 웃음소리를 낸다.

그 웃음소리 속에, 쨍하고 다조마루와 다케히로의 칼싸움이 시작된다.

두 사람의 사투 그것은 다조마루가 말한 것처럼 영웅적인 사투가 아니다.

그런 아름다움이란 조금도 없는 추악하고 무참한 싸움이다.

그 광경을 보고 있던 마사고의 얼굴, 창백해지며 점점 뒷걸음을 치기 시작하더니 숲 속으로 도망쳐 간다.

다조마루와 다케히로의 칼싸움이 계속된다.

마침내 다조마루, 다케히로를 찌른다.

그리고 주위를 둘러본다.

마사고는 없다.

다조마루, 낭패해 한다.

눈에 불을 켜고 마사고를 찾는다.

숲 속을 우왕좌왕하며, 미친 듯이 마사고를 찾는 다조마루.

이윽고 다조마루, 다케히로가 쓰러져 있는 곳으로 쓸쓸히 되돌아온다.

다케히로를 내려다보며 멍하니 서 있지만, 정신을 차리더니 칼을 빼앗아 허겁지겁 떠난다. (O · L)

54. 라쇼몬

내려 쏟는 비.

나무꾼, 행려승, 하인.

하인 "하하하… 지금 얘긴 어쩐지 정말인 거 같군."

나무꾼 "난 거짓말을 하지 않아… 난 이 눈으로 봤다구."

하인 "후후후… 그것도 믿을 수 없지."

나무꾼 "거짓말 아니야! 정말이야! 난 거짓말을 하지 않아."

하인 "거짓말이라 말하며 거짓말을 하는 녀석은 없으니까."

행려승 "무서운 이야기야… 사람을 믿지 못한다면 이 세상은 지옥이지."

하인 "그렇구 말고요… 이 세상은 지옥이죠."

행려승 "아니… 난 사람을 믿네!… 난 이 세상을 지옥으로 만들고 싶지 않네."

하인 "하하하… 큰소리쳐도 소용없는 말이군… 생각해 보슈… 요컨대 지금 세 사람의 얘기 중 어디를 어떻게 믿으라는 거유?"

행려승, 쓸쓸히 아무 말 없다.

나무꾼이 낮은 소리로 투덜거린다.

"모르겠어… 도무지 모르겠어."

하인 "모르는 건 다 마찬가지야… 인간이 하는 짓이란 도무지 종잡을 수 없다는 얘기지."

세 사람, 침묵에 잠긴다.

계속 내리는 비 -

그 빗소리 사이로, 뭔가 우는 소리가 들려온다.

세 사람, 귀를 기울이다.

갓난아이의 우는 소리인 것 같다.

하인, 일어나 두리번거리며 문 안 쪽으로 돌아간다.

얼굴을 서로 마주 본 행려승과 나무꾼.

갓난아이의 울음소리 - 불에 덴 것처럼 한층 심하게 운다.

나무꾼과 행려승, 얼떨결에 엉거주춤 일어나 문 안 쪽으로 가 본다.

하인이 버려진 갓난아이의 옷을 벗긴다.

나무꾼 "무슨 짓이야!!"

라고 말하고 화내며 하인을 밀친다.

하인, 비틀거리지만, 그의 겨드랑이에 갓난아이의 옷을 꽉 낀 채 큰 소리로 외친다.

"자, 자네야말로 무슨 짓이야!!"

나무꾼 "…어찌 그런 심한 짓을…"

두 사람 사이로, 울부짖는 갓난아이를 껴안은 행려승이 멍하니 서 있다.

하인 "심하다니?… 어차피 이 옷은 누군가 벗겨 갈 거라구… 내가 가져가는 게 뭐가 나빠?"

나무꾼 "자, 자넨 괴물이야."

하인 "괴물?… 내가 괴물이라면 이 갓난아이 부모는 뭐지?"

나무꾼 "…"

하인 "자넨 멋대로 착한 말만 지껄이는데, 갓 태어난 갓난아이를 키우진 않고 버린 부모야말로 괴물이 아닌가?"

나무꾼 "아니야! 그건 다르다구!!… 봐봐, 저 옷에 기워 넣은 부적 주머니를… 아이를 버린 부모의 마음을 되어 보라구… 오죽하면 아이를 버렸겠어."

하인 "…흥, 남 걱정 생각하다면 끝이 없지…"

나무꾼 "그, 그런 이기적인…"

하인 "… 흥, 이기적인 게 뭐가 나빠… 인간이 개를 부러워하는 세상이야… 이기적이지 않은 놈이 살아갈 수 있는 세상이 아니라구."

발끈 눈을 부라리며 고함을 지르는 나무꾼.

"빌어먹을!! 그래!! 누구다 다 이기적일 뿐이야. 이기적인 핑계일 뿐이라구. 그 도둑놈도! 그 여자도! 그 남자도 그리고 너도!!"

하인 "흥… 그러는 자네는 그렇지 않다고 말하는 건가?… 웃기지도 않는군… 게비이시 관리는 속일지 몰라도, 난 속지 않아."

나무꾼 "…"

하인 "이봐… 여자가 갖고 있던 단도는 어떻게 한 거야… 자개를 새겨 넣은 훌륭한 물건이라고 다조마루도 말했었지. 그 단도는 어디로 간 거야… 풀 속에 떨어진 채 사라져 버렸다고 말하려는 거야… 훗… 네가 훔치지 않으면 누가 훔쳤지?"

나무꾼 "…"

하인 "하하하… 어쩐지 제대로 맞춘 거 같군… 하하하… 도둑인 주제에 날 도둑 취급하는 거야말로 이기적인 거야… 하하하."
맥없이 그 자리에 못박힌 듯 서 있는 나무꾼.
이젠 울음을 멈춘 갓난아이를 안고, 망연히 나무꾼을 바라보는 행려승.
하인(하늘을 쳐다보며) "비도 멈출 것 같군…"
하고 나무꾼을 뒤돌아본다.
"…이봐… 아직도 할 말이 남았나?… 없으면 가네… 하하하… 굉장히 오랫동안 내린 비였어."
하인, 갓난아이의 옷을 겨드랑이에 끼고, 낙숫물을 피해 돌계단을 내려간다.

55. 길

철퍽철퍽 물웅덩이를 튀기며 떠나는 하인의 발.

56. 라쇼몬

낙숫물이 떨어진다.
갓난아이를 안고 망연히 서 있는 행려승과 맥없이 고개를 숙이는 나무꾼.
갓난아이가 또 칭얼대기 시작한다.
나무꾼, 고개를 든다.
지그시 행려승의 팔 안에서 칭얼대는 갓난아이를 바라본다.
잠시 망설이지만, 이내 행려승에게 다가가 갓난아이를 안으려 한다.
행려승, 겁먹은 듯 갓난아이를 껴안고 뒤로 물러선다.
"무슨 짓이야!! 이 갓난아이 속옷마저 뺏을 셈인가?"

나무꾼, 스님을 슬픈 듯이 본다.

그리고 조용히 고개를 젓는다.

"우리 집엔 아이가 여섯 있지만, 여섯을 키우나 일곱을 키우나 고생은 마찬가지요."

라고 말하며 두 손을 내 벌린다.

그 얼굴을 바라보는 행려승.

"…내가 부끄러운 말을 해 버린 것 같네."

나무꾼 "그렇게 생각해도 무리가 아니죠… 요즘처럼 사람을 의심하지 않고는 살 수 없죠… 부끄러운 것은 저요… 나조차 내 마음을 알 수 없으니."

행려승 "아니, 고마운 일일세… 자네 덕분에 난 사람을 믿을 수 있게 되었어."

나무꾼 "당치도 않소."

나무꾼, 행려승으로부터 갓난아이를 받아 안고는, 낙숫물을 피해 간다.

그 낙숫물 사이로 엷은 햇살이 비친다.

라쇼몬의 전경 – 갓난아이를 안고 떠나는 나무꾼을 전송하는 행려승. 그들에게 석양빛이 가득 비추고 있다. (F · O)[4]

---

4) F · O : 무대가 차츰 어두워지는 것.

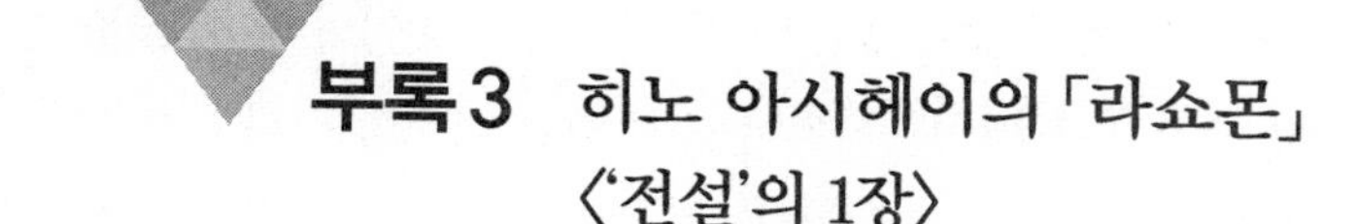

부록3 히노 아시헤이의 「라쇼몬」 〈'전설'의 1장〉

어느 날 해질 무렵의 일이다. 한 마리 갓파(河童)[1]가 라쇼몬 아래에서 비가 그치기를 기다리고 있었다.

넓은 문 아래에는 이 갓파 외에는 아무도 없었다. 다만 여기저기 붉은 칠이 벗겨진 커다란 원기둥에 귀뚜라미 한 마리만 앉아 있을 뿐이었다. 라쇼몬이 주작대로에 있는 이상, 이 갓파 외에도 비가 그치기를 기다리는 이치메 가사나 모미에 보시를 쓴 사람이 두 세 명은 더 있을 법하다. 그런데 이 갓파 외에는 아무도 없다.

왜냐 하면 최근 2, 3년간 교토에는 지진이나 회오리바람, 가뭄, 화

---

1) 갓파(河童) : 일본 각지의 강, 호수, 바다 등에 사는 요괴의 일종. 간토(関東) 지방 외에서 엔코(猿猴), 메도치, 가왓파 등으로 불리며, 각자 개성이 있다. 보통 갓파는 바가지 머리를 한 어린아이의 모습으로 머리 꼭대기에 움푹 파인 곳이 있고, 거기에는 물이 들어 있는데 물이 없어지면 죽는다고 한다. 손가락은 세 개로 물갈퀴가 있고, 두 팔이 하나로 이어져 있어서 한 쪽에서 잡아당기면 쑥 빠져버린다.
네이버 지식백과 http://terms.naver.com/entry.nhn?docId=1629671&cid=41882&categoryId=41882

재, 기근 등 재난이 연달아 일어났다. 그런 까닭에 교토 도성 안의 피폐상은 이만저만이 아니었다. 옛 기록에 의하면 불상이나 법기를 부숴 붉은 칠이 있거나 금박이나 은박이 붙어 있는 나무를 길바닥에 쌓아놓고 땔감으로 팔았다고 한다. 도성 안이 그러하니 허물어진 라쇼몬 수리 따위는 애당초 내버려 둔 채 누구도 돌보는 사람이 없었다. 그러자 그 황폐해진 틈을 기다렸다는 듯이 여우나 너구리가 살고, 도둑과 매춘녀가 살더니 급기야 갓파마저 와서 살게 되었다. 어째서 물속에서 오랫동안 살던 갓파가 라쇼몬에 와서 살게 되었는가 하면, 딱히 이유가 있어서가 아니라 가뭄으로 인해 지금까지 있던 우바구치(姥口) 늪이 말라버렸기 때문에, 평소 늪에서 봐왔던 라쇼몬에 아무런 생각없이 오기로 결정한 것에 불과하다. 생각해 보면 오랜 가뭄의 연속이었다. 말(馬)이 지나간 자리에 고인 물만으로도 삼천 마리나 살 수 있는 갓파이기에, 늪에 약간의 물만 남아 있다면 모든 게 자유로웠으나, 그 한 방울 물기마저 메말라 밑바닥을 드러낸 늪은 물고기의 비늘처럼 좌우로 균열이 생기더니, 급기야 바싹 마른 늪은 흙먼지가 되어 바람과 함께 자욱이 피워 올라갈 뿐이었다. 무성하게 자라던 갈대도 수수깡처럼 말라 비틀어져 한낮에는 불이 난 적도 있었다. 일이 이렇다보니 그 어떤 갓파도 서식할 수 없어, 하는 수 없이 오래 살던 늪을 버리고 부랴부랴 라쇼몬에 온 것이지만, 여기 또한 살기 편한 보금자리라고 할 수 없었다. 여우와 너구리 따위 동물들이 사는 것은 말할 상대가 있어 나쁘지 않았고, 도둑이나 매춘녀가 사는 것도 모른 척하면 그만이지만, 정말이지 질색인 것은 이 문에 인수할 사람이 없는 죽음 사람을 가져와 버리고 가는 것이었다. 기아에다 전염병마저 유행하여 교토 도성 안에는 연일 수 십 명의 인간이 죽어갔지만, 그들 시체를 여기에 옮겨온 습관이 생기면서, 날마다 시체가 쌓여 그 처참한 몰골과 썩어 짓무른 냄새는 견디기 힘들었다. 동시에, 불쾌한 것은 이들 부패한 시체를 쪼아 먹으러 온 까마귀 떼로, 높다란 치미(鴟尾) 주위를 돌면서 비천한 울음소리를 내며 가차없이 하늘에서 똥 싸기를 아랑곳 하지 않았다. 그 까마귀 똥들은 무너진 틈 사이로 긴 풀이 자란 돌계단 위나 냉이로 뒤덮인 지붕 그리고 붉은 칠이 벗겨지고 무너져 내린 누문(樓門) 난간, 급기야 기둥 따위를 시도 때도 없이 눈이 내린 것처럼 새하얗게 물들이고 있었다.

갓파는 옛날 자신이 살던 우바구치 늪을 떠올릴 때마다 짙은 향수병에 젖어 돌아가고 싶은 마음이 간절하였으나, 물도 없는 늪에 되돌아 갈 연고도 없어 그저 하늘을 바라보며 비만 오기를 기다리고 있었다. 그러던 차에 오늘 비가 내린다. 실로 백 일에 가깝게 계속된 가뭄이었다. 뚝하고 비 한 방울이 떨어졌을 때, 너무나 기쁜 나머지 얼떨결에 새된 비명 소리를 질렀더니 친구인 너구리와 오소리로부터 비웃음을 샀다. 갓파는 접시 모양의 머리에 물기가 다 마르면 점차 힘이 빠지면서 결국엔 목숨을 잃어버리고 말기 때문에, 가뭄이 시작된 이래 접시에 물기가 마르지 않도록 적잖은 고생을 했다. 여기저기서 얼마 안되는 물을 모아 와 접시에 부어 그럭저럭 건강을 유지하고 있었지만, 어디에도 물을 찾을 길 없으면 침을 바르는 것으로 속이거나, 나중엔 오줌을 묻혀 버텼다. 하지만 본디 임시방편 수단이었기에, 영양실조와 더불어 차차 체력이 쇠약해 졌다. 등딱지나 관절, 물갈퀴에 물기가 없어지면 온몸이 류마티스처럼 통증을 느껴, 걷는 것조차도 힘들기 일쑤였다. 앞으로 열흘이나 찌는 듯한 날씨가 계속된다면 쓰러져 누워야 한다는 커다란 공포심이 밀려 올 찰나에 내린 비였다. 갓파가 너무 기쁜 나머지 다소 광기에 가까운 언동(言動)을 했다고 해서 조금도 책망할 필요는 없을 것이다. 물이란 것이 곧바로 생명과 직결될 정도로 절박함이 없는 너구리와 오소리들은, 갓파가 뭔가 끊임없이 큰소리로 외치며 울기 시작한 걸 보고 웃다 못해 자지러졌다.

누문 난간을 의지해 빗속에 나가자, 접시 위로 차가운 물 감촉이 심장까지 울릴 만큼 기분 좋게 전달되면서 점차 몸 안의 생기가 넘쳐나는 것을 스스로도 느꼈다. 입을 벌려 하늘에서 떨어지는 빗방울을 낼름낼름 핥아 마셨다. 한동안 잃어버렸던 기력을 회복하며, 갓파는 간만에 하늘을 향해 몸을 솟구쳐 봤다. 오랫동안 움직이지 못한 탓에 무릎이 잘 굽혀지지 않았지만 그래도 문의 끝에서 끝까지 다섯 번에 날아 갈 수 있었다. 수많은 시체 속에서 날았지만, 그 때 만큼은 평소 역겨운 냄새 따위 전혀 신경쓰지 않았다.

흥분이 어느 정도 가라앉자, 갓파는 고향 생각이 났다. 우바구치 늪에 또다시 물이 고인다. 예전 늪으로 되돌아 갈 수 있다는 생각은 갓파를 한층 더 우쭐거리게 했다. 그러나 이 갓파는 뜻밖의 행복을 만났을 때 너무 허둥대면 그 운을 놓친다고 말한 어느 산전수전 다 겪은 사람의 신중함을 잊지 않았다. 마음은 매우 들떠 있음에도 불구하고, 갓파는 짐짓 여유로운 발걸음으로 사다리를 내려와, 문 아래에서 우두커니 서 있었다. 처음에 '한 마리 갓파가 라쇼몬 아래에서 비가 그치기를 기다리고 있었다.'고 쓴 것은 이러한 연유이지만, 다만 갓파가 단순히 비가 그치기를 기다리고 있지 않은 것은 변명할 필요까지 없을 것이다. 비가 내리는 것을 즐거워 할지 언 정 비에 젖어 난처해하는 갓파가 아니다. 또한 아무리 세찬 비바람 속에서도 딱히 우산을 필요로 하지 않는다. 그가 문 아래에서 우두커니 서 있는 것은 실로 들떠 있는 마음을 진정시키면서, 고향인 우바구치 늪에 조금이라도 많은 물이 고이기를 기다리고 있는 것이었다.

비는 라쇼몬을 에워싸며, 멀리서부터 쏴아 하는 소리를 몰고 온다. 땅거미는 점차 하늘에 드러누워 있고, 위를 쳐다보면 문 지붕이 비스듬히 내민 기와 끝으로 짙게 깔린 어두컴컴한 구름을 떠받치고 있다.

빗소리를 들으며 우두커니 서 있는 사이, 갓파는 지금까지 잊고 있었던 심한 공복감을 느끼기 시작했다. 가뭄과 기근 그리고 역병이 연달아 일어났기 때문에, 갓파는 집과 음식을 동시에 잃어버렸다. 가장 좋아하는 오이는 말할 것도 없고, 수수나 가지 등은 그림자조차 감추었고, 생선류 또한 고갈되어 먹을 방법이 없었다. 인간의 시리코다마(尻子玉, 옛날 항문(肛門)에 있다고 상상되었던 구슬로, 갓파가 이것을 빼어 가면 얼간이가 된다고 함)은 오히려 얻을 기회가 많았지만, 그것들 대부분은 썩어 문드러져 있어, 어쩌다 약간의 신선한 것을 얻어도 자양분이 부족하여 배를 채우기엔 부족하였다. 먹을거리가 부족할 때도 물만 마시면 꽤 오랫동안 버틸 수 있지만, 물은 이미 말라 있었다. 영양실조로 갓파는 날이 갈수록 야위어 몸이 홀쭉해지더니, 지난날의 모습은 흔적조차 사라져 버렸다. 그리하여 오늘 비가 내려, 빗물을 마시고 어느 정도 원기를 회복하였다고는 하나 위 속은 텅 비어 있어 원래의 기력이 솟아나지 않았다. 문 아래에 우두커니 서 있으며 때를 엿보고 있던 갓파는 맹렬한 식욕에 사로잡혀, 배가 꼬르륵꼬르륵 울더니 눈앞에 오이랑 수수, 생선 등의 환영이 신기루처럼 떠올라 사라지지 않았다.

서쪽 하늘에 희미한 석양빛만 남아 있을 무렵이 되어서야 비는 그쳤다. 고향 늪엔 얼마만큼 물이 찼을까 하는 즐거운 상상에, 갓파는 오랜만에 입가에 미소를 띠며 라쇼몬 문 아래를 나와 귀로(帰路)에 올랐다. 걸을 때마다 심한 공복감을 느꼈지만 집에 돌아간다는 기쁨에 잠시나마 고통을 잊고 길을 재촉했다.

그로부터 몇 분 후의 일이다. 그다지 멀지 않았기 때문에, 갓파는 이내 우바구치 늪에 도착하였다. 하지만 올 때의 기쁨은 어디론가 사라지고, 기대와 달리 실망스러움에 한 동안 멍하니 늪가에 서있기만 하였다. 가슴 설레며 돌아온 고향 늪은 어찌된 게 갓파의 눈엔 뜻밖의 황폐해진 모습으로 온통 뒤덮여 있었다. 도대체 무슨 일이 생겼던 걸까? 사고력이 무딘 갓파는 슬픈 듯이 고개를 갸웃거렸지만, 그렇다고 해서 늪에는 특별히 생각 밖의 현상이 일어난 것은 아니었다. 라쇼몬에 인수할 사람이 없는 죽은 사람을 버리려온 것처럼, 우바구치 늪에도 똑같이 죽은 사람을 가져 와 버린 것에 지나지 않았다. 늪은 산그늘 아래에 있어서 사람들 눈에는 잘 띄지 않았고, 거리로 봐도 그다지 멀지 않기 때문에 밤낮으로 연이어 발생하는 도성 안의 사망자를 매장하기에는 오히려 절호의 장소라고 말해도 좋을 정도였다. 갓파는 물이 말라버린 늪을 떠난 후, 계속해서 버려진 사망자는 점차 수가 늘어나, 현재 간만에 갓파가 와서 보니 죽은 사람은 서로 포개져 퇴적되어 있어 늪을 가득 메울 뿐만 아니라, 솟아올라 물가에 세워진 흙둑까지 넘쳐나 있었다. 남자나 여자, 노인, 어린아이가 뒤섞인 여러 시체들은 모두 기아로 인해 뼈가 드러날 정도로 야윈 채 늪에 던져져, 그 대부분은 썩어 짓물러 코끝을 심하게 찌르는 냄새를 발산하며, 구더기가 들끓어 우글우글 대는 기분 나쁜 소리를 내고 있었다. 그 중에는 이미 백골이 되어 있는 것도 많아, 여기저기 푸르스름한 인광이 도깨비불처럼 희미하게 타오르고 있었다. 그 산더미 같은 시체더미 밑에서부터 희미하게 신음소리가 이따금 울려온다. 아무래도 그것은 버려진 후 되살아난 자인지, 아니면 다 죽어가는 상태로 버려진 자의 단말마 신음소리처럼 생각되었다. 좀 전에 내린 빗방울은 이들 위로 흘러 모여 늪 전체가 한 개의 종양처럼 보였으며, 비는 고름처럼 괴어 있었다. 그리고 그들 위로 검은 콩을 흩뿌려 놓은 듯 까마귀 떼가 무리지어, 기괴한 소리를 내며 울고 있었다.

낙담한 탓인지 눈물조차 나지 않는 갓파는, 마치 영혼을 빼앗긴 것처럼 오랫동안 선 채 꼼짝 못했다. 갑자기 현기증을 느껴 비틀거리기도 했지만, 간신히 몸을 가누면서 언제까지고 움직이질 않았다. 그 사이 이미 어두컴컴해진 밤의 늪 광경 속에, 무엇인가 끊임없이 꿈틀대고 있는 것이 얼빠진 갓파의 눈동자에 비쳤다. 그것은 사람의 그림자처럼 시체 사이를 좌우로 밀어 헤치듯 우왕좌왕하며, 때로는 멈추고 뭔가를 찾는 듯 두리번거리고 있었다. 무얼 하고 있는 걸까? 그때 몸을 웅크리더니 시체 사이로 깊숙이 얼굴을 처박는 자도 있었다. 손에 쥐고 있는 횃불로 이따금 추레한 얼굴이 보인다. 예리하게 자른 듯이 광대뼈가 튀어나온 뺨과 끝이 뾰족한 턱, 핏발 선 천한 눈빛이 스치며, 남자인지 여자인지 분별할 수 없을 만큼 머리카락이 흐트러져 있어 마치 유령처럼 보였다. 정신차려보니 그것은 한 사람이 아니라 왼쪽에도, 오른쪽에도, 아니 바로 발밑에도 여기저기 그리고 묵묵히 똑같은 동작을 반복하고 있는 자가 있었다.

갓파의 눈동자는 무의식적으로 그들의 움직임을 바라보고 있었지만, 딱히 주의깊게 본 것은 아니었다. 우바구치 늪에 나타난 지옥도(地獄図) 그림은 전체가 강렬한 인상으로, 마음약한 갓파의 신경을 착란 일으켜, 사고력이나 판단력이 갓파의 마음에서 완전히 사라져 버렸다. 꿈틀대는 인간들이 무얼 하고 있는지도 몰랐으며, 또한 무얼 하려고 하는지 현재 갓파에게는 상관없는 일이었다. 그런 남의 일에 얽기기보다는, 가슴 두근거리며 돌아 온 고향 늪이 이런 몰골이니, 사는 건 둘째 치고 여기에 서 있는 것조차 괴로운 슬픔에 기력을 잃어버렸던 것이다. 그러나 아무리 생각해 본들 소용없었다. 이윽고 갓파는 깊은 한 숨을 내쉬더니, 늪을 뒤로 남겨둔 채 발길을 돌려 터벅터벅 라쇼몬으로 되돌아왔다. 얼이 빠진 발걸음이었다.

그로부터 또 몇 분인가 지났다. 라쇼몬의 누각 위로 올라가는, 폭넓은 사다리 중간쯤에 갓파가 고양이처럼 몸을 움츠리더니 숨죽이며 위의 상황을 엿보고 있었다. 누각 위에서 내비치는 불빛이 희미하게 갓파의 초췌한 뺨을 타고 흘러내렸다. 갓파는 할 수 없이 라쇼몬을 제2의 고향으로 마음을 정하고, 기운 내어 좀 전에 돌아 왔지만, 막상 돌아와 보니 아무래도 라쇼몬 모습이 떠날 때와 달라 있었다. 누군가 불을 켜고, 그 불을 이리저리 움직이고 있다. 그 흐릿한 노란 빛이 구석마다 거미집이 쳐진 천장 안으로 흔들리며 비치고 있었다. 갓파는 괴이하게 생각하면서, 발소리를 숨기며 사다리를 올라가 위의 상황을 엿보았다. 누각 위의 모습은 평소 거처하였던 곳이기에 익히 알고 있었다. 시체가 내버려져 부패한 냄새가 떠돌고 있는 것은 어떤 변함도 없었지만, 언뜻 보니 그들 시체 사이에 웅크리고, 부스럭거리며 뭔가 찾아다니고 있는 한 낯선 노파의 모습이 있었다. 노송나무 껍질의 붉은 빛 거무칙칙한 옷을 입은, 키 작고 야윈 백발의 원숭이처럼 생긴 노파의 야윈 얼굴은 오른손에 불을 붙인 소나무 가지로 또렷이 비추고 있었지만, 그 번뜩이는 매처럼 무서운 눈은 누각 위에 너부러져 있는 여자 시체 한 곳에 고정되어 있었다. 노파는 지체없이 소나무 가지를 마룻바닥 틈새에 세워 놓고, 그 시체의 머리를 양손으로 들더니, 마치 어미 원숭이가 새끼 원숭이의 이를 잡듯, 긴 머리카락을 한 개씩 뽑기 시작했다. 머리카락은 손길이 가는대로 빠지는 것 같았다.

갓파는 노파가 무엇 때문에 머리카락 따위를 뽑는지 알지 못했다. 그러나 노파의 이상한 거동을 보고 있는 사이 갓파의 뇌리엔 좀 전에 본 우바구치 늪의 처참한 광경이 선명하게 되살아났다. 그 때는 단지 무의식적으로 바라보고 있었을 뿐이었지만, 지금 생각하면 우바구치 늪에서도 지금 노파와 똑같은 동작을 하던 사람이 있었다는 생각이 들었다. 아니, 좀 더 여러 행동을 하고 있었다. 죽은 사람의 품속을 해집거나, 옷을 벗기거나, 허리띠를 푸는 자도 있었던 것 같다. 이상하게도 그 때는 그냥 멍한 눈으로 몇몇의 그림자가 꿈틀거리고 있었던 모습이 흐릿하게 비추고 있었을 뿐인데, 지금 여기에 와보니, 그 그림자 하나하나 다른 행위가 명료하게 떠오르는 것이었다. 그리고 그들의 행위와 지금 여기 노파의 행위와는 확실히 공통점이 있었다. 갓파는 비로소 인간이 무엇을 하고 있는지 깨닫고, 놀란 나머지 망연자실하였다. 그리고 또다시 이루 말로 다할 수 없는 공복감이 엄습했지만, 마음이 약한 갓파는 마냥 어쩔 줄 몰라 할 뿐이었다.

이 때, 갑자기 눈앞에 펼쳐진 사건 때문에 기겁한 갓파는 하마터면 사다리를 헛디뎌 떨어질 뻔했다. 어디에 숨어 있었는지, 지금까지 전혀 눈치 채지 못했는데, 별안간 한 하인이 누각 위로 뛰어 올라와, 노파 앞을 가로막아 섰다. 아마도 또 다른 문 바깥쪽에 있는 사다리를 타고 올라 왔을 것이다. 마룻바닥에 세워 놓은 불빛은 빨갛게 고름이 든 커다란 여드름투성이 뺨을 비추었다. 갓파도 놀랐지만, 보다 놀란 것은 노파다. 하인이 양 다리에 힘을 주고, 손잡이가 나무로 된 칼을 잡으며 성큼성큼 노파에게 다가오자, 노파는 괴상한 소리를 지르며, 마치 투석구(投石具)에서 튕겨져 나간 것처럼 날아올랐다. 노파가 시체에 발이 걸려 넘어지면서 쩔쩔매고 도망치려고 하는 것을 하인은 가로막았다. "이봐, 어딜 도망가?"라고 외치는 동시에 노파의 목덜미를 붙잡고 시체 속으로 억지로 비틀어 쓰러뜨렸다. 하인은 갑자기 칼집에서 칼을 빼어들더니, 시퍼런 칼날 빛을 그녀의 눈앞에 들이대었다.

"뭘 하고 있었지? 어서 말해. 말하지 않으면 벨 것이다."

노파는 아무 말도 할 수 없었다. 두 손은 부들부들 떨고, 어깨는 세찬 숨소리에 들썩이며, 눈은 안구가 밖으로 튀어나올 정도로 부릅뜨기만 할 뿐, 벙어리처럼 끝까지 입을 다물었다. 이를 본 하인은 목소리를 약간 누그러뜨리며, "난 게비이시((檢非違使) 관리가 아니다. 조금 전 이 문 아래를 지나던 나그네다. 그러니 널 포박해 어떻게 하겠다는 뜻은 없다. 다만 지금 이 시간에 이 문 위에서 무엇을 하고 있었는지 말해주기만 하면 된다."고 말했다. 노파는 육식조(肉食鳥)와 같은 날카로운 눈으로 하인을 쳐다보고 있었지만, 주름살로 인해 거의 코와 맞붙어 하나가 된 입술을 우물우물하며, 숨이 가쁜 듯, 이 여자의 머리카락을 뽑아서 가발을 만들려고 했다는 내용을 말했다.

"내가 한 일이 나쁜 짓이라고는 생각하지 않아. 그렇지만 이것 말고 나 같은 늙은이가 무얼 할 수 있겠어. 난 이미 오랫동안 굶었어. 보는 바대로 손도, 발도, 가슴도 뼈와 가죽뿐이야. 이대로라면 난 굶어 죽을 수밖에 없지. 굶어죽지 않으려면 어쩔 수 없잖아. 내가 할 수 있는 짓을 해서 살아가지 않으면 안 돼. 그렇잖아. 자네라도 그건 이해할 게야. 그렇지, 이해해 줄 거지."

시체 머리에서 뽑은 긴 머리카락을 휘두르듯 하면서, 노파는 두꺼비가 웅얼거리는 것과 같은 목소리로 말하고 하인의 얼굴을 힐끗 엿봤다. 그 눈동자는 불안한 기색을 띠고 있었지만, 범할 수 없는 확신에 가득 차 있었다. 그 말을 들던 하인의 눈이 갑자기 야릇하게 빛을 발했지만, 여전히 노파의 목덜미를 붙잡은 채, "분명 그렇단 말이지? 그게 틀림없단 말이지?" 하며 괴로운 듯한 목소리로 두, 세 번 확인했다. 노파는 틀림없다고 대답하자, 하인은 별안간 행동이 돌변했다. "그럼 내가 날강도 짓을 한다 해도 원망하지 마라. 나도 그렇게 하지 않으면 굶어 죽을 판이니까."하고 하인은 이 또한 이상한 용기와 확신을 가진 목소리로 말하더니, 재빨리 노파의 옷을 벗겼다. 발을 붙잡고 늘어지는 노파를 거세게 걷어차 시체 위로 쓰러뜨리고, 하인은 빼앗아 든 노송나무 껍질의 붉은 빛 거무칙칙한 옷을 겨드랑이에 끼고, 눈 깜짝할 사이에 바깥쪽 가파르게 세워진 사다리를 타고 어둠 속으로 뛰어 내려갔다. 노파는 언제까지나 쓰러진 채로 움직이지 않았다.

눈앞에 전개된 뜻밖의 활극에, 갓파는 한층 더 어쩔 줄을 모를 뿐이었다. 머릿속에는 점점 선명하게 우바구치 늪의 광경이 떠올랐지만, 어리석고 둔한 갓파에게는 어디에서나 되풀이되고 있는 인간의 행동 의미가 알 듯 알지 못했던 것이다. 흔히 일상생활에서 말하는 용기와 정의라는 것들과 뒤섞인 혼란함에, 사고력이 둔한 갓파는 공연히 피로할 뿐, 그렇다면 자신은 어떻게 하면 좋을지 하는 결단을 전혀 내리지 못했다. 자신도 굶어 죽기 직전이었지만, 그렇다면 노파나 하인처럼, 혹은 우파구치 늪에 있던 인간들처럼 무엇을 해도 괜찮다는 식의 당찬 삶의 방도를 생각하지 못했다. 갓파는 자신의 우유부단함과 용기 없음에 한심스러워 했다.

한참 동안 죽은 듯이 쓰러져 있던 노파는, 이윽고 시체 속에서 추한 알몸을 일으켰다. 노파는 투덜거리는 혹은 신음하는 소리를 내며, 여전히 타고 있는 불빛을 의지해 바깥쪽에 있는 사다리 입구까지 기어갔다. 그리고 거기서 짧은 백발을 늘어뜨리며 문 아래를 살펴보았다. 그 곳에는 이미 하인의 모습은 사라지고 칠흑같이 어두운 밤만 있을 뿐이었다. 노파는 기분 나쁘게 히죽거리고, 다시 기어서 원래 자리로 되돌아갔다. 두리번두리번 시체를 물색하는 모양이더니, 한 시체에 다가가 허리띠를 풀기 시작했다. 더럽고 찢어진 감색 겹옷을 시체로부터 벗겨내자, 코를 발름거리며 냄새를 맡았다. 그리고 나서 냄새와 먼지, 이(虱)를 한 번에 털어내려는 듯 옷을 세게 흔들더니, 또다시 징그럽게 히죽하며 회심의 미소를 띄고 옷소매에 닭처럼 야윈 손을 집어넣었다. 그것은 남자 옷으로 노파에게 어울린다고 할 수 없었지만, 여하튼 쭈그러진 두꺼비 같은 알몸을 감출 수 있었다. 노파는 크게 재채기 한 번하며 손으로 코를 풀었다. 그리고 마룻바닥에 세워 놓은 소나무 가지 횃불을 움직여 시체 주변을 둘러보더니, 좀 전에 여자 시체 곁에 웅크리고 앉아 또다시 그 머리카락을 뽑기 시작했다. 이따금 노파는 침입자를 두려워하는 듯, 뽑던 손을 멈추고, 고개를 들어 문 밖 낌새에 귀를 기울였다. 거미집이 온통 처져 있는 천장에, 꿈틀거리는 노파의 검은 그림자가 거대한 박쥐가 달라붙어 있는 듯 숨 쉬고 있었다.

사다리 위에 있던 갓파는 얼마 안 있어 맥없이 문 아래로 내려왔다. 어렵게 결심한 바를 말하자면, 더 이상 이 라쇼몬에는 두 번 다시 살지 않겠다는 것에 지나지 않았다. 어떻게 굶주림을 면하면 좋을까? 또 어디서 살면 좋을까? 에 대해서도 도무지 좋은 방법이 떠오르지 않았지만, 여하튼 여기는 살 곳이 못 된다고 정한 갓파는 홀로 쓸쓸한 걸음걸이로 칠흑같이 어두운 밤 속으로 사라져 갔다.

갓파의 행방은 아무도 모른다.

참고문헌

제1장

【단행본】

- 駒尺喜美,『芥川龍之介の世界』, 法政大学出版局, 1967.
- 長野嘗一,『古典と近代作家 - 芥川龍之介』, 有朋堂, 1967.
- 三好行雄,『芥川龍之介論』, 筑摩書房, 1976.
- 吉田精一,『芥川龍之介』(近代作家研究叢書 21), 日本図書センター, 1984.
- 石割透,『芥川龍之介ー初期作品の展開ー』, 有精堂, 1985.
- 海老井英次,『芥川龍之介論攷』, 桜風社, 1988.
  __________,『芥川龍之介 - 人と文学 - 』, 勉誠出版, 2003.
- 笠井秋生,『芥川龍之介作品研究』, 双文社出版, 1993.
- 宮坂覚 編,『芥川龍之介 - 理性と抒情 - 』, 有精堂, 1993.
- 志村有弘 編,『芥川龍之介「羅生門」作品論集成 Ⅰ』, 大空社, 1995.

【잡지】

- 三谷邦明,「『羅生門』を読む」,『日本文学』, 日本文学協会, 1984, 3.
- 真杉秀樹,「『羅生門』の記号論」,『解釈』, 教育出版センター, 1989. 8.
- 関口安義,「『羅生門』- 反逆の論理獲得の物語」,『国文学』, 学灯社, 1992. 2.
- 海老井英次,「芥川龍之介語彙集」,『国文学』, 学灯社, 1994, 4.

【사전】

- 志村有弘 編,『芥川龍之介大事典』, 勉誠出版, 2002.

第2장

【단행본】

- 마르치아 엘리아데, 이재실 역,『이미지와 상징: 주술적 - 종교적 상징체계에 관한 시론』, 까치글방, 2005.
- 関口安義 編,『蜘蛛の糸　兒童文学の世界』, 翰林書房, 1999.
- 志村有弘 編,『芥川龍之介「羅生門」作品叢集成 Ⅰ』, 大空社, 1995.
- 志村有弘 編,『芥川龍之介「羅生門」作品叢集成 Ⅱ』, 大空社, 1995.
- 平岡敏夫,『芥川龍之介と現代』, 大修館書店, 1995.
- 清水康次,『芥川文学の方法と世界』, 和泉書院, 1994.

- 酒井英行,『芥川龍之介　作品の迷路』, 有精堂, 1993.
- 海老井英次,『芥川龍之介論攷』, 桜楓社, 1988.
- エリアーデ,『エリアーデ著作集　第三巻』, せりか書房, 1974.

【잡지】

- 小沢次郎,「『羅生門』にみる＜超越者＞の問題性」,『論樹』, 論樹の会, 1994, 9.
- 小泉浩一郎,「『羅生門』の空間」,『日本文学』, 日本文学協会, 1986, 1.
- 三谷邦明,「『羅生門』を読む」,『日本文学』, 日本文学協会, 1984, 3.

【사전】

- 志村有弘 編,『芥川龍之介大事典』, 勉誠出版, 2002.
- 関口安義 編,『芥川龍之介全作品事典』, 勉誠出版, 2000.

__________,『世界大百科事典』, 平凡社, 1988.

제3장

【단행본】

- 葛巻義敏,『芥川龍之介未定稿集』, 岩波書店, 1968.
- 勝倉壽一,『芥川龍之介の歴史小説』, 興英文化社, 1983.
- 吉田俊彦,『芥川龍之介 -「偸盗」への道 - 』, 桜楓社, 1987.
- 海老井英次,『芥川龍之介論攷』, 桜楓社, 1988.

- 宮坂覚 編,『芥川龍之介 - 理智と抒情 - 』, 有精堂, 1993.
- 笠井秋生,『芥川龍之介』, 清水書院, 1994.
- 清水康次,『芥川文学の方法と世界』, 和泉書院, 1994.
- 志村有弘 編,『芥川龍之介「羅生門」作品論集成 Ⅰ』, 大空社, 1995.
- 志村有弘 編,『芥川龍之介「羅生門」作品叢集成 Ⅱ』, 大空社, 1995.
- 미셀푸꼬, 김부용 옮김,『광기의 역사』, 인간사랑, 1999.
- 고모리 요이치, 한일문학연구회 역,『나는 소세키로소이다』, 이매진, 2006.
- 크리스 라반, 쥬디 윌리암스, 김문성 옮김,『심리학의 즐거움』, 휘닉스, 2009.
- 체자레 롬브로조, 이경재 옮김,『범죄인의 탄생』, 법문사, 2010.
- 김상균,『범죄학개론』, 청목출판사, 2010.

【사전】

- 志村有弘 編,『芥川龍之介大事典』, 勉誠出版, 2002.
- 『두산세계대백과 사전 9』, 주식회사 두산동아, 1996.
- 네이버 백과사전

  http://terms.naver.com/entry.nhn?docId=1104588&cid=40942&categoryId=32774

  http://terms.naver.com/entry.nhn?docId=1156738&cid=40942&categoryId=31531

제4장

【단행본】

- 자크 라캉, 민승기, 이미선, 권택영 옮김, 『욕망이론』, 문예출판사, 1995.
- 자크 라캉, 맹정현, 이수련 옮김, 『자크 라캉 세미나 11권 - 정신분석의 네 가지 근본개념』, 새물결 출판사, 2008.
- 숀 호머, 김서영 옮김, 『라캉 읽기』, 은행나무, 2010.
- 신구 가즈시게(新宮一成), 김병준 옮김, 『라캉의 정신분석』, 은행나무, 2007.
- 브루스 핑크, 이성민 옮김, 『라캉의 주체』, 도서출판 b, 2010.
- 海老井英次, 『芥川龍之介論攷』, 桜楓社, 1988.
- 志村有弘 編, 『芥川龍之介「羅生門」作品叢集成 Ⅰ』, 大空社, 1995.
- 志村有弘 編, 『芥川龍之介「羅生門」作品叢集成 Ⅱ』, 大空社, 1995.
- 三好行雄, 『芥川龍之介論』, 筑摩書房, 1976.

【사전】

- 志村有弘 編, 『芥川龍之介大事典』, 勉誠出版, 2002.

第5장

【단행본】

- F. W.니체, M.하이데거, 강윤철 옮김, 『니체의 신은 죽었다』, 휘닉스, 2004.
- 장 폴 사르트르, 박정태 역, 『실존주의는 휴머니즘이다』, 이학사, 2008.
- 石割透, 『芥川龍之介 - 初期作品の展開 - 』, 有精堂, 1985.
- 海老井英次, 『芥川龍之介論攷』, 桜楓社, 1988.
- 笠井秋生, 『芥川龍之介』, 清水書院, 1988.
- 駒尺喜美, 『芥川龍之介の世界』, 法政大学出版部, 1967.
- 平岡敏夫, 『芥川龍之介』, 大修館書店, 1982.
- 三好行雄, 『芥川龍之介論』, 筑摩書房, 1976.

【사전】

- 関口安義 編, 『芥川龍之介全作品事典』, 勉誠出版, 2000.
- 네이버 지식백과

  http://terms.naver.com/entry.nhn?cid=282&docId=387569&mobile&categoryId=282

  http://terms.naver.com/entry.nhn?cid=263&docId=337113&mobile&categoryId=1043

  http://terms.naver.com/entry.nhn?cid=282&docId=387933&mobile&categoryId=282

제6장

【단행본】

- 미셸 푸꼬, 김부용 옮김, 『광기의 역사』, 인간사랑, 1999.
- 윤상현, 『神이 되고자 했던 바보 아쿠타가와 류노스케』, 지식과 고양, 2011.
- 이정국, 『구로사와 아키라의 영화세계』, 서해문집, 2010.
- 진쿠퍼, 이윤기 옮김, 『그림으로 보는 세계문화상징사전』, 까치 글방, 2007.
- 志村有弘, 『羅城門の怪』, 角川書店, 2004.
- 長野甞一, 『芥川龍之介と古典』, 勉誠出版, 2004.
- 志村有弘 編, 『芥川龍之介「羅生門」作品論集成 Ⅰ』, 大空社, 1995.
- 志村有弘 編, 『芥川龍之介「羅生門」作品論集成 Ⅱ』, 大空社, 1995.

【사전】

- 네이버 지식백과
  http://image.search.yahoo.co.jp/search?p=%E7%BE%85%E7%94%9F%E9%96%80&aq=－1&oq=&ei=UTF－8

제7장

【단행본】

- 吉田精一,『芥川龍之介』, 三省堂, 1942.
- 三好行雄,『芥川龍之介論』, 筑摩書房, 1976.
- 原田種夫,『原田種夫全集』第5巻, 国書刊行会, 1983.
- 火野葦平,『河童曼陀羅』, 国書刊行会, 1984.
- 志村有弘,『羅城門の怪』, 角川書店, 2004.
- 長野甞一,『芥川龍之介と古典』, 勉誠出版, 2004.

【사전】

- 네이버 지식백과
  http://ja.wikipedia.org/wiki/%E5%BE%90%E5%B7%9E%E4%BC%9A%E6%88%A6

찾아보기

저자 | 윤 상 현

- 한국외국어대학교대학원 일어일문학과 석사 취득.
  (『아쿠타가와 류노스케의 「신기루」에 관한 考察 – 의식과 무의식의 해체와 조화를 중심으로 – 』)
- 일본 나고야(名古屋)대학 국제언어문화연구과 박사과정 수료.
- 한국외국어대학교대학원 일어일문학과 박사 취득.
  (『아쿠타가와 류노스케 문학 연구 – 작품에 나타난 '예술지상주의'를 중심으로 – 』)
- 2011~2014년 가천대학 학술연구교수.(〈동아시아문화담론에서 본 김옥균〉)
- 현재 건국대학교 아시아콘텐츠연구소 학술연구교수(〈문화 산업에 나타난 김옥균의 위상과 사대인식〉) 및 한국외국어대학교, 인천대학교 강사

〈저서〉

『인간적인 1분 문법책』(2005, 김영사)

『神이 되고자 했던 바보 아쿠타가와 류노스케』(2011, 인문사)

〈역서〉

『장소론』(공역, 2011, 심산출판사)

『김옥균』(2014, 인문사)

『아쿠타가와 류노스케 전집 1~6』(2009~2015, 제이앤씨)

아쿠타가와 류노스케의
「라쇼몬(羅生門)」에 관한 작품분석 연구

초판 인쇄 | 2016년 10월 31일
초판 발행 | 2016년 10월 31일

저　　자 윤상현

책임편집 윤수경

발 행 처 도서출판 지식과교양
등록번호 제 2010-19호
주　　소 서울시 도봉구 쌍문1동 423-43 백상 102호
전　　화 (02) 900-4520 (대표) / 편집부 (02) 996-0041
팩　　스 (02) 996-0043
전자우편 kncbook@hanmail.net

ISBN 978-89-6764-066-8 93830　　　　**정가** 17,000원